陰界黑幫

8

Mafia of the Dead

Div 著

自序

第八集了耶。

當我完成了校稿，有一種奇妙的力竭感，突然意識到自己在這一集耗去了闊別以往的精力。

為什麼呢？我忍不住問自己，是因為這一集特別難寫嗎？不，基本上每一本系列作都不簡單，在工作與家庭的時間縫隙中，我一點點拼湊出故事。

為什麼這一集會給我這樣的感覺呢？我想，也許是因為這一集有著些等待已久的場景，那是從第一集開始，腦海就浮現的畫面。

那是小靜手握麥克風，站在舞台上，背後都是光芒，對著千百個聽眾放聲高歌的畫面，而柏，就隱身在聽眾之中。

我就像是一個旅人，翻過崇山峻嶺，走過大湖大海，終於走到了自己地圖上一直標註的地方。

走到了，笑了，喘了口氣，但也隨即明白，又是追逐下一個地標的時刻。

而在追逐的過程中，感謝每個給我打氣的朋友，那支撐著我逼著自己從冬天棉被中起床，寫上二十分鐘的故事，也支撐著我八、九點下班時停在路邊，打開電腦寫上十幾分鐘的字，然後再回家吃晚餐。

編輯曾說，我知道你的努力，雖然你的故事有時候難免破碎，我想你都是用零碎時間寫的關係。

這好像也是沒有辦法的事情。

但即便這樣，也推進到第八集了。

這一年，二〇一九年，家裡兩個小孩，小四和小一，好快對不對？

哈，給所有的朋友，陰界八，來了。

Div

陰界黑幫 8

Mafia of the Dead

「相傳紫微星系共有一百零八星，又以十四星主掌夜空，其影響國家興亡，個人運勢甚巨，其為紫微、太陽、太陰、武曲、天同、天機、天府、天相、天梁、破軍、七殺、貪狼、巨門與廉貞是也。」

前言

「要知道嘿，我向來不救笨蛋的，但妳除外……」

「欸，我怎麼聽不懂，你到底是在說我特別，還是罵我笨蛋？」

半年前，為了更了解黑幫，琴毅然跟隨木狼，進入陰界三大幫之一「道幫」，學習黑幫架構與常規，短短六個月，琴不只結交到各階層好友，更因此熟稔了陰界的武器製造知識。

不過琴沒想到的是，有心向學（？）的她還是捲入了道幫傳承的陰謀中，整齣陰謀由劍堂堂主天策親自籌謀，目的是要剷除刀堂堂主木狼，登上道幫幫主大位。

此陰謀以「無錠槍走火，誤殺警察」事件為引子，逼迫木狼要扛下所有責任，木狼心知此時四面楚歌，敵我難分，便召回了在外流浪多年的副堂主雙瞳，加上背景如白紙的琴，兩人攜手，揭開陰謀找出真相。

當陰謀逐漸被揭開，情勢也愈來愈凶險，幾個高級幹部接連喪命之後，終於到了最後一刻，政府率著大批人馬來興師問罪，天策更直接下令道幫擒捕木狼，生死不論，而木狼知道情勢已無可挽救後，狂笑間，完全釋放了自己的實力！

道幫，刀堂堂主，尊貴之甲級星，手握道幫九刀之一的「狼鍘」，在這足以容納百人的會議室中，放手大屠殺！

毫無顧忌的木狼實在太強，殺得政府與劍堂屍橫遍野，終於逼出了幕後黑手，一個地位足以和木狼並列之人，道幫劍堂堂主——天策！

兩強同時甩動出最致命武器。刀與劍，踏著滿地的鮮血屍體，朝對方狂轟而去。

同時間，會議室外，被大規模屠殺的陰魂能量所引來的，是以「環頓牛」為首的數百隻陰獸，牠們帶著飢餓與貪婪而來，勢必會對戰局造成巨大影響！

而琴呢？她在找到無錠槍的真相之後，遭到天策伏擊，心臟中劍，垂死之際卻被一個人影順手「偷」走，此人竟能在天策眼皮底下，將琴給偷了出來。

此人是誰？如此善偷，當然是「神偷鬼盜」中的神偷，莫言。

莫言揹著琴逃了，他不逃往醫院，卻逃到了一間牛肉麵店，但他不是餓，而是因為牛肉麵店裡藏著陰界醫術排行第二的息神星周娘，以及她的新徒兒，女鬼卒小曦。

周娘多年前已然封針，故拯救琴性命的重任，自然就落到了小曦身上。

「琴，給這菜鳥救，妳可以嘿？」莫言皺眉。

「可以。」琴說，「因為她和我有相同的眼神。」

「是嗎？是啊，確實是不錯的眼神。」莫言沉默半晌，「好，我就陪妳這個笨蛋賭一把吧。」

而當拯救琴的任務交給了小曦時，不只道幫陷入空前的奪位危機，陽世這一頭，也因為一場歌唱比賽而熱鬧了起來。

小靜一路驚險地挺進前四強，卻在四強賽中遇到了擁有貫穿山林歌喉的阿皮，更在第一輪平手後進入首次的延長加賽，殊死戰之下阿皮不得不拿出他的壓箱底歌曲，〈松鼠〉。

原本要用來奪冠的歌曲提前上場，讓已經幾乎無歌可用的小靜，陷入了最大危機，最後的選擇，只剩那一個……

「我要唱〈夜雪〉。」小靜深呼吸，「因為我答應了琴學姐和柏，我一定要唱到決賽，唱給他們聽。」

於是，憂傷寂靜的〈夜雪〉，即將對上陽光歡愉的〈松鼠〉，一陰一陽，一冷一熱，各走極致偏鋒的歌曲之戰，即將登場。

同樣的，陰界觀眾席中，除了期待與雀躍的心情，一股殺氣也隱隱凝聚，死後被救回的柏，即將主宰這次暗殺，而暗殺的對象，就是道幫現任幫主，巨門星「天缺」。

究竟這場歌唱大賽，陽世與陰界各會演變到何種地步？

這場逐漸升溫的「易主」之戰，究竟鹿死誰手？
請看，陰界八。

第一章・義子與嫡子，刀與劍，木狼與天策

數十年前，當木狼和天策還是小孩子的時候。

「木狼哥哥、木狼哥哥。」天策四歲，他比著卡在樹上的風箏，「可以幫我拿下來嗎？」

「風箏又卡在樹上了？」木狼五歲，他雙手扠著腰，仰頭看著樹上，「嘿，你怎麼又來了？你做實驗喔？」

「嗯，我想知道風箏如果搭上我的劍，可以飛得多高嘛。」天策一雙小小的手緊握著，露出央求的神情，「但這一次飛太高，我拿不下來了。」

「拿不下來……」木狼頭仰得好高，他幾乎已經看不到那只風箏了。

因為，天策透過他的劍，將風箏射上的樹，可不是一般的樹，那是從地底一〇一層一直延伸到天空一〇一層的那株巨樹，建木啊！

建木，同時也是道幫用來打造兵器的重要巨爐，人稱樹爐。

據說，樹爐的這株建木，是被移植過來的，真正的建木本體，生長在大地與天空的交界，雨和雪的起源，風和雷的終點，是一個只有少數探險者才到過的地方，而將建木

移枝帶回的人，更是當年的十四主星之一……

兩小兄弟當然知道這株建木的來歷，也更知道它的偉大與危險。

「幫我一下啦，木狼哥哥。」

「你的道行愈來愈高了，竟可以把劍弄得這麼高？」木狼當時也是小孩，但他比天策長了一歲，道行也略深些，只見他一甩肩，背後那柄粗大如斷頭鍘的大刀，頓時現身！

「狼鍘！」天策語氣興奮，「道幫九刀之二，僅次七殺刃！」

「別叫了，還不準備……」幼年木狼一笑，「『上刀』！」

「好！」

木狼雙手抓著狼鍘，開始轉動身體，轉了五、六圈之後，大喝一聲，將狼鍘朝天空甩了上去。

當狼鍘被甩上了天空，幼年木狼速度更快，他急奔之後用力一蹬，高高躍起，最後雙腳踩上狼鍘木柄處，有如一個在空中玩滑板的少年。

「快，上刀！」木狼高喊，同時伸出了他的手，天策也在同時伸出了手，小小兩兄弟默契十足，雙手分毫不差地緊握。

然後狼鍘一個高速拔高，帶著木狼與天策同時往上，朝著建木盤旋衝刺而上。

而緊抓著木狼手臂的幼年天策，也仗著他雖淺但充滿天分的道行，一個旋身，在狼鍘的木柄處站好，並以雙手抱住木狼的腰。

「木狼哥哥，這招以『踏刀飛行』，我到底什麼時候才能學會啊？」天策語氣中充滿羨慕。

「聽說飛行很靠天分的？」木狼搖頭，「好像不一定每個人都能學會……」

「好羨慕喔。」

「可是你創造的『劍飲』我也學不來啊，」幼年木狼迎著風，鋼刺般的短髮被往後吹著，「那真是我見過最有創意的武器。」

「可是我還是想飛啊，不然我幹麼一直把風箏射到樹上？」天策從背後抱著木狼，此刻已經飛到了幾乎等同一〇一大樓一半的高度，終於，他們看見了那只風箏的位置。

「嗯。」木狼微皺眉，「糟糕，怎麼卡在這？」

「糟糕，怎麼會卡在這？」天策聲音也有點變了。

兩個小兄弟同喊糟糕的原因，是因為建木其實不只是一株大樹，它也是一個鑄造兵器的爐子，更是許多陰獸的巢穴，甚至還被「陰獸綱目」編列為百大陰獸，排行第三十九。

棲息在建木上的陰獸共有七百六十二種，其中一百一十九種是建木才有的特有種，像是「美麗金絲猿」，名列C級陰獸，危險性並不高，牠全身被美麗的金絲毛覆蓋，由金絲毛的色澤可判斷這株建木的健康程度。

另一個C級陰獸「跳舞蔓」，垂掛在建木樹枝上，悅耳的音樂聲，或是舒服的風，甚至是天空放晴，涼涼的雨，都會讓它開心地跳起舞來，是笑點很低的陰獸，相對的，危險性也低，而將它的藤蔓摘下磨碎，對治療燒燙傷很有幫助。

除了危險性低的C級陰獸，危險性高的B級陰獸自然也棲息在建木之上，最具代表性的特有種是「史密斯夫妻榛果」，它們是一對黑色榛果，果實為夫妻共生，夫果實較小但非常甜美，妻果實較大卻相當苦澀，但若只摘取夫果實會被妻果實攻擊，時有登樹者被它突襲而喪命的例子。

還有「路痴獨角仙」，B級陰獸，也是建木特有種，牠們居無定所，四處爬行，爬行的原因倒不是因為牠們很積極地找尋食物，而是牠們真的很會迷路，在阡陌縱橫的枝幹中，牠們經常走過就忘，完全沒有辦法循原路回家，這種行為和某位作者很像，所以牠們又叫「Div獨角仙」。

但無論是C級或B級陰獸，都遠遠不及A級陰獸來得危險，建木上有隻陰獸叫作「樹洞不語鳥」，就是標準的A級陰獸，樹洞不語鳥的名字取自一個古老的童話《國王的耳朵是驢耳朵》，人們將秘密藏於樹洞之內，自以為不會洩漏……其實，樹都記得。

或者說，樹上的「樹洞不語鳥」都記得。

每隻鳥，身上都藏著一個大秘密，如果你能徹底擊敗牠，甚至殺死牠，牠就會將秘密告訴你，只不過牠既然被評為A級陰獸，要打敗牠肯定得付出無比慘痛的代價，例如：上百位陰魂的生命。

如今，幼年天策的風箏，竟不偏不倚地落到了樹洞不語鳥的巢中。

巢中，除了五隻體型和成人男子差不多大的幼鳥之外，還有一隻成鳥，而成鳥的大小約莫等於二十個成年人的體型，以陽世來說，差不多就是一輛大貨車的尺寸。

如今，這輛貨車正雙目泛紅，猛拍翅膀，因一只誤闖的風箏而憤怒著。

而且很快地，牠就發現了，這只風箏的始作俑者，竟然就在洞口外，探頭探腦。

「嘎！」樹洞不語鳥發出尖嘯，嘯聲中，樹葉如暴雨般落下，震得道行尚淺的天狼和天策身體搖晃，頓失平衡。

而當他們兩人失去平衡之際，樹洞不語鳥翅膀一振，尖銳的鳥嘴像兩把大刀，朝兩人狠狠啄了過來！

「被A級陰獸樹洞不語鳥正面攻擊，會死人的。」木狼大叫，腳用力一蹬，狼鍘一個急轉，驚險避開了樹洞不語鳥的攻擊。

但只見樹洞不語鳥一個高速翻身，再次追上兩人，同時間張開了鳥嘴，一聲似哭似吼又似啼的「嘎」聲傳了出來，嘎聲淒厲，又讓木狼和天策感到一陣天旋地轉。

等到他們兩人勉強收斂了心神，那一對尖銳鳥嘴已經在他們胸口前二十公分處了。

「樹洞不語鳥雖稱不語，但聲音偏偏就是牠的攻擊武器！」木狼咬著牙，腳又踩住狼鍘，狼鍘接收到靈氣，又是一個急速翻轉，試圖避開鳥喙攻擊！

但，這一次已經無法完全避開，不語鳥的翅膀趁勢一拍，竟將天策從狼鍘上，打了下去。

天策只覺得雙腳浮空，接著便失去了重心，朝地面直墜而去。

這一墜可是非同小可，這可是五十幾層樓的高度啊！

「哎！」木狼見狀，雙腳再催狼鍘，一個盤旋往下，朝天策的方向直追而去。

天策不斷下墜，就算他是被喻為道幫有史以來最聰明的陰魂，甚至發明「劍飲」也毫無用處，因為他是一個不會飛的陰魂，一個不會飛的陰魂從高樓墜落，下場通常就只有一個。

除了爛泥，還是爛泥。

木狼的狼鍘往下俯衝的速度愈來愈快，此刻的他年紀仍不足十歲，就算他與天策同樣被喻為天才，但操縱武器的能力仍太青澀。

一旦將速度猛然拉高，必然失去穩定的操縱能力，所以，就算狼鍘已然逼近急速下墜的天策，木狼連撈了兩回，都沒能抓住天策的手。

而且，更大的災難還在逼近。

那隻擁有A級陰獸這樣危險頭銜的樹洞不語鳥，竟然也從空中高速俯衝而來，糾纏住木狼和天策。

「滾開。」木狼速度不減，一邊迴避著建木茂盛的枝葉，一邊穩住腳下狼鍘，還得伸手拉住天策，並躲避樹洞不語鳥的攻擊。

而最後一件，也是最危險的一件事，那就是地面已經接近，扎扎實實的堅硬地面，準備接受任何物質高速撞上之後破成爛泥的地面，已經接近了……

「木狼哥哥！」面對如此危險的狀況，天策大叫著，「快逃！不要管我！」

「不行！」木狼嘶吼著，依然以雙腳駕馭著狼鍘，朝下俯衝，並伸手欲撈住天策，而一旁虎視眈眈的不語鳥，已經盤桓而來！

木狼一咬牙，不躲，背部立刻被樹洞不語鳥的雙爪抓出三條深可見骨的血痕，但也在此刻，他抓住了天策的手。

同時間，地面到了。

那是最後一層樓的高度，連眨眼的時間都不夠，就會撞上地面的距離。

狼鍘沒有絲毫減速，樹洞不語鳥在一旁，五歲的木狼就算已經抓住了四歲的天策，也絕對來不及逃脫了。

「哥！」天策大吼，然後他感到自己背後碰上了一件硬物，那硬物撐住了自己的身軀，從高速下墜硬是轉為水平橫飛。

就算他的背，最終還是撞到了地面，甚至聽到骨骼的彎折聲，但他知道，他的性命留住了。

而當他往後一摸，瞬間明白，那拯救自己生命的硬物究竟是什麼？

是狼鍘！

但，如果狼鍘最後飛來拯救了自己，那木狼哥哥呢？

「哥哥，木狼哥哥！木狼哥哥！」天策想到這，急忙起身，「你在嗎？你還好嗎？」

前方，躺著一團爛泥似的染血物體，物體的末端，還隱約能辨識出木狼的雙腳和鞋子。

「木狼哥哥！」天策聲音帶著哭音，半走半爬地來到爛泥物體的旁邊，「木狼哥哥、哥哥、哥哥！你、你還好嗎？你最後把狼鍘給我，你自己怎麼辦？」

天策跑到了血污爛泥旁，已是滿臉淚痕，他哭著哭著，卻突然停住……

因為他發現地上的那雙腳，竟然動了一下。

「木狼哥哥……」

隨著雙腳移動，整個血污爛泥突然垮掉，一個人，從爛泥中坐了起來，雖然滿身鮮血，但卻可以分辨出，這人確實是……木狼！

「你沒事？」天策的眼淚未乾，愣愣地看著木狼。

「我沒事。」

「可是，從那麼高的地方掉下來，沒有狼鍘，你……你怎麼……」

「我有肉墊啊。」木狼看了一眼落在旁邊的那團爛泥，「最後我拉住牠，讓牠墊在我的下方。」

「肉墊？」天策一呆，他突然看懂這團爛泥是什麼了……「你是說……樹洞不語鳥？」

「對啊，牠也算死得冤枉，特地衝下來當肉墊！」滿臉血污的木狼笑了，「不過，牠臨死前，好像說了什麼，我聽到……」

「木狼哥哥，謝謝。」四歲的天策看到木狼沒事，剛剛才停住的眼淚，又再次潰堤，哇哇大哭起來，「謝謝，謝謝你用狼鍘救了我，都是我不該亂放風箏！」

「千萬不要說謝謝。」五歲的木狼咧嘴而笑，伸出手，揉著哭到滿臉淚痕的天策的頭，「我們是兄弟，救命是小事，不用說謝謝。」

我們是兄弟。

救命是小事。

不用說謝謝。

時間，拉回現在。

道幫一樓偌大的會議室中，滿地的魂魄屍體，滿牆的刀痕劍印，木狼孤身站在會議室的中央，緊緊圍繞著他的，是一柄又一柄來回飛馳的劍。

數十柄劍或大或小，或殷紅或雪白，或狂暴或陰冷，劍劍兇狠異常，來回穿梭，對木狼發動一波波絕命猛攻，木狼滿身都是鮮血，卻依然揮舞著手上的狼鍘，力抗這幾十把長劍。

只是，每當狼鍘猛力一揮，擊落其中一劍，一柄新的劍，就立刻補上加入戰局，更毫不客氣地在木狼的身體上劃出一道清晰血痕。

木狼剛才以一人之力，斬殺百名政府軍警，破除層層大陣，逼得原本氣焰高張的天刑星四處逃竄，讓天虛星昏厥在地生死不明，但如今的他，卻陷入滿身鮮血的狼狽處境。

因為木狼這一次的對手，是小他一歲，和他相同級數的強者——天策！

十餘柄劍，威力不同，強弱互補，組成一圓形大陣，將木狼全身上下七十二路全部封死，就是要將他斬殺於此地。

而木狼呢，雙手看似豪邁、毫無章法地揮動狼鍘，卻總是能在關鍵時候打落其中幾柄長劍，硬是讓劍陣傷不到他的要害。

「天策，哈哈哈，就看是你的劍陣撐得久，還是老子的狼鍘打得爽啊！」木狼狂笑著，手上狼鍘一揮，一道猛烈白光過去，數柄長劍頓時彎折，在空中亂舞，反朝天策飛來。

「哼。」天策頭輕擺，避開飛劍，臉色如冰，手指一捏，背後噌噌兩聲，又是兩柄劍從他背後升起。

兩劍細長柔軟，互相交纏，宛如櫻花落下，是謂「春之劍」。

「落櫻如雨，春之劍，去！」天策雙手同時往前一指，兩劍噌的一聲長音，朝木狼直穿而去。

「春之劍嗎？看我木狼自創招數來對付，嗯嗯，該叫什麼名字呢？叫『春天不是讀書天』吧？」滿臉鮮血的木狼大笑，手上的狼鍘往前甩去。

狼鍘，這在道幫九刀中排行第二，僅次於十大神兵「七殺刃」，是宋代清官包拯的鍘刀煉化而成，包拯手下鍘刀共分三種，狗頭斬平民，虎頭斬貴族，龍頭則斬上了皇親國戚，三鍘上都沾滿了惡徒鮮血，故凝聚出千年不散的煞氣。

木狼將三鍘一起煉化，煉出一柄專為自己使用的狼鍘，狼鍘的刀鋒平時收在刀座內，當木狼一揮刀，刀鋒便會從刀座中急甩而出，一旦刀鋒和刀座夾住敵方脖子，一收刀，頭顱當場鍘斷。

這詭異離奇的鍘刀，就是木狼傍身的武器，如今木狼的狼鍘猛甩，極強極剛的狼鍘刀刃，撞上這一對柔軟交纏的春之劍。

春之劍如蛇般在狼鍘表面蜿蜒，鑽向木狼的手臂，木狼不驚反笑，「要玩軟的嗎？人家說以柔剋剛？老子偏要反著玩！」

說完，狼鍘猛力旋轉，竟將兩把春之劍硬是絞住。

「給我轉，轉啊，轉啊！」木狼大笑，狼鍘在他手上，像是棉花糖的長竹籤般，急轉起來，「你很軟是不是？看你能多軟！」

在狼鍘猛轉之下，被絞住的春之劍，被迫不斷轉圈，劍體就像是轉動的麥芽糖一樣不斷被拉長，愈拉愈長，早已超過大家對鋼鐵延展性的認知。

「春之劍，回來！」天策感覺他已經無法駕馭這兩把春之劍，急忙再捏劍訣，要喚回他的這兩支先行軍。

「要回去？有那麼容易嗎？」木狼轉到了極致，忽然改變握刀方向，由水平轉為筆直，然後往地上一插！

這一插，頓時給了已經被拉扯到極限的春之劍最後一擊！

環繞著狼鍘的春之劍終於承受不住，崩崩崩崩，頓時裂成了碎片，帶著晶瑩剔透的粉紅色金屬光澤，翩翩灑落在狼鍘周邊。

這些落地春劍，有如風吹櫻花林，粉色櫻花瓣似雪般飄落。

「好樣的！木狼！」天策臉色微變，身形急退，「以柔軟見長的春之劍，竟然被破了？」

「就說這招是『春天不是讀書天』啊！」木狼大笑著向前奔，順手拔起了插在地上的刀，往前逼近，這是他首次突破劍陣，不再採取守勢。

「哼。」天策一邊後退，雙手同時再度揑出劍訣。

劍訣催動下，天策背後暴湧出強烈兵器的氣息，呑吐之間，六把劍已同時現身。

這六把劍全部赤紅如火，天策一個旋身，身形曼妙如舞蹈，六把劍頓時化成六道火焰光芒，森森森森森森射出，射向了正提刀迫近的木狼。

此刻的天策，剛剛飲下濃度極高的「劍飲」，劍飲乃是天策開發出來的液化兵器，只要喝下劍飲，便能將意志幻化成實體兵刃，透過想像力展現驚人殺陣，被讚喻為陰界兵器界的一大發明。

只是劍飲仍存在幾個隱憂，一是劍飲放出的兵器強弱，還是與使劍者自身的道行相關，若是一般市井小民，恐怕變得出一支隨身小劍就偷笑了，但若同樣的劍飲被甲級星如天策這樣的人物喝下，便能創造出極為驚人的各式劍陣。

第二個隱憂，則是劍飲是否傷身？過去的兵器多是在體外使用，僅有少數狂人才會將兵器改造嵌入魂體中，而劍飲是直接飲入體內，其侵入魂體的程度又更勝嵌入，這樣是否對魂魄造成永久傷害？多年來一直爭論不休。

這兩個隱憂，讓天策的驚世發明，始終埋沒在蒼蒼陰界兵器界中，乏人問津。

「道幫如此重視商業與金錢，如果選一個幫主，他的發明完全不能賺錢，如何能讓幫眾信服呢？」如此的傳言，就這樣若有似無地傳入了天策耳中。

天刑，布下了「無錠槍」這一局，目的是拖下木狼，以確保天策的道幫幫主大位得以穩妥。

但這一局乍看之下是陷害木狼，事實上卻是將道幫推向了與政府的共謀，從此道幫的把柄就被政府掌握，政府與黑幫勢力的均衡將更加傾斜，絕不是陰界之福。

但，撇除掉這些陰謀詭論，「劍飲」這項發明究竟強不強呢？由此役可看出，答案絕對是肯定的。

曾將政府軍警殺得屁滾尿流的木狼，在天策的劍飲之下，全身浴血，狼狽隱忍，正是劍飲威力的最佳證明！

雙劍交纏的春之劍已碎，如今，六把以夏為名的夏之劍，從天策的背後射出，化成六道曲折鋒利的光芒，衝向木狼。

「熱啊，這六劍是剛剛從爐子出來嗎？怎麼這麼燙？」木狼不改其戰鬥時的張狂模樣，咧嘴狂笑著，「春天掛了，就換夏天來了嗎？」

說完，用力揮下了狼鍘。

剛強的狼鍘，硬接住六把夏之劍的衝擊，然後，木狼感到雙腳一陣虛浮，蹬蹬蹬連退三步，他的狼鍘刀竟被這六把夏劍壓制？

「夏之劍，主戰！」天策嘴角閃過一絲冷笑，「再攻！」

語未落，六把夏之劍的劍身閃爍更亮更紅更火燙的光芒，來回猛劈木狼的狼鍘。

六把劍強盛的靈氣，照耀了整個會議室，將木狼打得節節敗退，木狼只覺得自己不斷地後退，剛剛好不容易爭取到往前的兩步，瞬間就被連本帶利討了回去，不僅如此，他還連退了十步、二十步、三十步，轉眼他的背就要貼上了會議室的牆。

「劍飲很強，對不對？誰還敢說我的劍飲不夠厲害？」天策雙目泛紅，殺紅了眼，「今天，我就誅了道幫九刀中的第二刀給你看！」

「媽的，我從來沒說過劍飲很弱好嗎？」木狼背貼在牆上，已經毫無退路了，「不過，是該打出我剛剛想到的第二招了……」

「哼！」

「第二招叫作……『炎炎夏日正好眠！』」木狼狂妄的笑聲中，忽然，一柄夏之劍往上彈開，在空中繞了好多圈，飛過半個會議室，最後落在天策的腳邊。

「這是？」天策冷漠的臉，神色微變。

「這是，夏天就要好好睡覺的意思。」只見夏之劍陣中，木狼舞動他的狼鍘，開始展開了他的反擊，「別打打殺殺了啊。」

而他的反擊方式，令現場所有的倖存者，包括天刑，十幾個受傷但沒死的警部軍部人員，十幾個身上帶血但意識清楚的道幫幫眾，都「咦！」了一聲。

會發出這一聲，是因為他們從來沒有見過木狼這樣握狼鍘。

真的，一次都沒有。

木狼究竟是怎麼握狼鍘的呢？他，竟然是一手輕抓刀柄，一手用食指和拇指捏著刀鋒。

這樣的握刀法，輕巧細膩，簡直就像是繡娘拿著繡花針，又或者是廚師雕琢水果塔……這樣的刀法，怎麼會出現在一向剛強的木狼上？又怎麼會適合用在狂暴的狼鍘上？

可，這樣荒謬的刀法，卻完全壓制了夏日之劍。

與狼鍘走相同路線的夏之劍，大開大闔，大斬大破，卻完全破不到此時的狼鍘。

木狼身形輕巧，在剩餘五把夏之劍中穿梭，手上的狼鍘明明粗大無比，卻在木狼手上見縫穿針，絲絲入扣，靈巧至極，咻的一聲，又是一把夏之劍被狼鍘捲住。

喀的一聲，斷成兩截，在地上滾啊滾，滾回了天策腳邊。

天策的臉，又更陰沉了。

「夏天的劍主戰，是嗎？」木狼雙指捏著刀，在劍陣中穿梭，連笑聲都帶著陰柔氣味，「讓我看看，你多會戰吧，嘻嘻。」

說完，喀喀兩聲，兩把夏之劍斷成四截，落在地上，木狼腳一踢，又踢回了天策腳邊，同時間，木狼又往前踏了幾步。

天策的臉，又更臭了。

喀！喀！當木狼用他繡花針般的握刀法，鍘斷最後兩把夏之劍時，木狼已經又站回了天策面前。

不多不少，剛好就是方才他被夏之劍擊退前的距離。

「喜歡這個『炎炎夏日正好眠』嗎？」木狼笑著，滿臉的鮮血，狂妄帥氣。

「第三劍。」天策白色的眼珠，透出滿是血絲的紅，足見他的怒氣正不斷上升，「楓紅如眠，秋之劍。」

然後，天策的身後，緩緩地升起一把劍。

劍身又大又圓，說是劍，更像是盾。

此把秋之劍體型之大，比剛剛暗殺琴時，硬是大了十倍有餘，有如深山巨木，當天策打出這樣的秋之劍，表示他已用上真元，此役就算獲勝，也會元氣大耗，三年內難以恢復，但此時的天策已經管不了那麼多了。

「秋之劍？那我來想想第三招要叫啥名堂？」木狼嘴角依然笑著，但眼神已然收斂，似乎知道此劍絕對不好惹，「我想想喔……叫作『秋天過去冬來到』好了。」

「下去！秋劍！」天策聲音陡然提高，「劈了這傢伙！」

秋劍高高舉起，它有如巨盾的形態，和前兩劍的靈巧迅捷大相逕庭，而它的攻擊方式，也同樣差距極大。

它，是用砸的。

挾著如泰山壓頂般的氣勢，由上往下，將木狼周身七七四十九路的生路盡數封住，然後用力砸了下來。

「狼鍘，擋住它！」木狼雙手握住狼鍘，刀鋒朝上，用力往上頂去。

面對秋之劍，剛剛破解春之劍的旋，鍘斷夏之劍的巧，全都派不上用場，唯一能用的，真的只是劍體的本質。

砰轟一聲，秋劍與狼鍘硬撼。

木狼感到膝蓋一痠，竟然就要被壓得往下跪。

「再來。」天策雙眼血絲更紅了，吞下超濃劍飲的他，也賭上了一切，「砸！」

砰轟一聲！

秋之劍宛如吼天巨獸，再次下壓木狼的狼鍘，這一次，木狼不只感覺到雙膝痠軟，他更感到全身骨頭咯咯亂響，像積木般四散開來。

「再來！」

秋之劍又一次往下猛轟，砰轟一聲，木狼就是不彎膝蓋，結果竟讓他身體穿破了會議室地板，半身陷落地板內。

「再一次，你就扁了！」天策雙手一翻，再次捏出劍訣，秋之劍應承著他的呼喚，由上而下，挾著雷霆之勢，朝木狼狠砸下去！

「是嗎？」

木狼在此刻，眼中露出堅毅光芒，始終橫擺，硬接秋之劍的狼鍘，橫翻了半圈，竟呈垂直之勢。

見到木狼這樣擺刀，會議室內的倖存者們都是一愣，他們嘴裡忍不住吐出了相同的疑問，「秋之劍何等強壯，若將狼鍘擺成直立，砸下去，狼鍘豈不是非斷不可？」

但木狼眼神如鋼，賭意堅強，就這樣將狼鍘直直地擺著，直到，兩兵器相撞，發出鏗然巨響。

巨響傳出猛烈音浪，震得倖存者耳膜劇痛，甚至有幾個道行低的魂魄當場口冒白泡，昏了過去。

音浪過去，兩大兵器，就這樣僵持著……

「木狼，你就不怕你的寶貝狼鍘，被我直接打斷？」天策咬著牙，聲音陰冷。

「不怕。」木狼單手握著直立的狼鍘，目光依然堅定，「因為我相信，它。」

「相信……」

就在同時，一個極輕的「啪」聲音，從秋之劍上傳了出來。

然後啪啪啪啪聲音愈來愈密，愈來愈快，也愈來愈大聲……就在最後一聲啪結束後，天策手上這柄以防禦取代攻擊，幾乎將木狼逼到絕境的秋之劍，就這樣化成滿地大大小小的碎片。

木狼，再一次，傲然地站在天策面前，那雙英氣卻又瘋狂的雙眼，瞪著天策。

「我連下一招都想好了，叫作『收拾書包好過年』！」木狼手往前伸，揪住了天策的領子，「『春天不是讀書天，炎炎夏日正好眠，秋天過去冬來到，收拾書包好過年！』我要狠狠地用拳頭收拾你這混蛋！」

可是，木狼的拳頭沒有揍到天策。

因為，天策閉上了眼，全身的道行化成白藍色冷光，陡然膨脹，又瞬間從他全身上下的毛細孔，縮了回去。

當天策做出這樣的動作，木狼頓時明白，天策的絕招終於要出來了。

「嚴雪如夜。」天策右手手臂朝上，左手手臂朝下，比出了一個「1」。

這個1，純淨的白中透出森冷的藍，森冷的藍中又帶著剛硬的黑。

「冬之劍！」

冬之劍成形，這是一把非常質樸的劍，寬大的劍柄，適中的劍身，像極了一把初學者的劍，也像是軍隊士兵所使用，被大量製造的劍。

可是，也是因為這樣的劍，才最基礎，最扎實，最難以突破，一如萬物無法滋長的冬天。

天策出劍，沒有任何技巧與花招，只是直直地刺向了木狼。

「……」同樣的，木狼表情沉穩，雙手穩穩握住了狼鍘，右腳前左腳後，身體微蹲，這是使刀武者全力出擊的姿態。

為了回敬天策的冬之劍，木狼同樣不再使用任何的技巧，單純以他最信任的夥伴「狼鍘」正面迎擊。

一劍，一刀。

了。

在此刻，毫無保留地正面碰撞。

到此刻，這對從小在天缺老人羽翼下一起長大的兄弟，終於要真真正正地分出高下

會議室門外，數名警衛的身體已經支離破碎，不，不只是支離破碎而已，甚至被啃食殆盡，因為兇手壓根就不是人，而是一群飢餓的野獸。

以百大陰獸排行第八十五的環頓牛為首，超過百餘隻A級、B級與C級陰獸，因為嗅到道幫混戰的血腥而湧來。

道幫這百年大幫，其玻璃擁有層層咒術防護，理當無法被輕易突破，但不知是否因為環頓牛太過強悍，還是此刻道幫正在內鬥無暇進行防禦，竟被陰獸衝入其中，朝著滿是死去陰魂能量的第一會議室而去。

「不對啊、不對啊！」警衛臨死前嘶吼著，「為什麼這麼恰好，就是這個時候……陰獸衝進來？而且帶頭的，還是極度罕見的百大陰獸？不對……不……一定有問題……」

警衛還沒說完，轉眼間已經成為肉末，被妖螃蟹的雙夾夾碎，被有倒刺的龍蛙舌頭捲住，被尾巴有著風車的風象輾過，被悲愴毛毛蟲爬過……最後四分五裂地進入了這些陰獸的食道中，胃袋裡，終有一天化成稀泥般的糞便回到陰界，算是成功完成了一次大自然的能量循環！

一定有問題嗎？

陰獸的出現，是另一個隱藏在黑暗中的陰謀嗎？一切已經無從得知了。

因為這些陰獸大軍已經輾過了警衛室，憑藉著牠們對血的嗅覺，來一個精準轉向，轉到了會議室方向。

而那裡，一場戰鬥也同時到達了高峰。

狼鍘，冬之劍，兩大強兵，正緊緊地頂著彼此。

一步都沒有退。

兩個一起被喻為陰界的戰鬥天才，同樣具備甲級星格，一同在道幫中成長，直到各自統領刀堂與劍堂的高手，如今，以自己最強一擊，正緊緊猛力地僵持著！

直到，環頓牛帶著驚人的咆哮聲，撞破會議室大門，衝入了會議室。

環頓牛背後那數以百計，各種奇形怪狀的陰獸也跟著暴湧而出。

湧向了正在僵持的兩人。

「嗯。」一隻龍蛙甩動牠帶刺的舌頭，就要捲住天策的脖子，天策微微皺眉，劍飲在意念驅動下，左側附近出現數把小飛劍，咻咻幾聲，登時將龍蛙之舌切成丁狀。

不只如此，小劍飛騰，轉眼將整隻龍蛙切成剛好入口的肉片。

這隻曾在銀行塔上，把柏追到屁滾尿流的龍蛙，眨眼就被做成田雞切盤。

另一頭，一隻風箏獸從遠處飄來，像是一把利刃般就要穿入木狼腦門，但木狼卻只是微微仰頭，吹了一口氣。

凡人口中的一口氣，在木狼口裡卻成為烈焰狂風，以暴制暴地壓制住了風箏獸，曾經在大颱風中追殺陰獸獵人的風箏獸，在這團暴風中頓時失去了方向，直到牠被木狼一手抓住，然後用腳踩在地上。

「搞什麼？」木狼一方面與天策力量抗衡著，此時他們兩人勢均力敵，根本無法退讓，「這些陰獸哪來的?欸，天策，是你搞出來的嗎？」

「……」天策沒有說話，只是抿著嘴，後頸浮現的汗珠，似乎在說著他也是陰獸圍攻下的受害者。

龍蛙和風箏獸被兩大高手輕易擊敗，但陰獸群不會只有這兩隻C級陰獸，剩下的陰獸不知道是受了什麼指引，還是被強者的能量氣味所吸引，繼續朝著天策與木狼發動攻擊。

而且這次湧來的，是A級陰獸中極具侵略性的「屍鯊」！
曾經在商業大樓中盤據第六層，接近獵食金字塔頂端，善於團體獵食的屍鯊，也混在陰獸群中，撲向了天策，數目更高達五隻。
屍鯊的嘴巴可以張開到一百八十度，當牠張開大嘴時，就像是釘書機完全張開一樣，可以吞下比自己大三倍以上的獵物。
五隻圍著天策，然後張開了牠們的大嘴，就要把天策身體瞬間咬爛。
但是別忘了他是天策……他可是天策！就算此刻與木狼互相僵持，他依舊是陰界十八顆甲級星之一，只見他額頭青筋微暴，意念驅動下，背後閃爍一大片晶亮光芒。
每個晶亮光芒，原來都是一把小劍。
此刻的他，無法凝聚出春夏秋冬四劍，但依然能召喚出數目眾多的護體小劍。
「……」天策無法分心說話，眼球一轉，靠著意念驅動這群護體小劍，川流不絕地朝屍鯊而去。
屍鯊狂吼，名列A級陰獸的威力盡情展現，能再生的鯊魚牙齒，不斷噴出，撞擊護體小劍！
鏘鏘鏘鏘鏘，牙齒與小劍撞擊出晶亮劇烈的火花，而在火花之中，不斷落下的是斷裂的牙和破碎的小劍。

五隻屍鯊，五條利牙之河，天策只能用餘力對抗的狀況下，竟漸趨劣勢，撞擊火花正從五個方向，不斷地推近到天策身旁。

「狼狽啊！」木狼大笑，「劍堂天策，會被屍鯊當晚餐吃掉嗎？」

「你……」天策眉頭微皺。

「狼狽啊！」木狼邊大笑，笑聲中竟然帶著隱隱道行，化成音波傳到天策周圍，這音波震得群鯊動作一停，「是不是？狼狽啊！」

屍鯊動作一停，剛好給了天策短暫的喘息機會，他眼睛一閉，重整意念，小劍頓時改了飛行方式，由平射變為旋轉。

旋轉的劍，有如高速旋轉的鋒利齒輪，瞬間突破了屍鯊最得意的牙齒噴射，直接穿入屍鯊體內，啪啪啪啪數十聲骨肉被亂切的聲音傳來……

五隻屍鯊，頓時化成無數團血肉，落在地上，隨即湧上的是低階的陰獸，搶食屍鯊這高級陰獸的殘骸與孕育其中的豐厚能量。

「……」天策在極度劣勢下能強行逆殺對手，全因木狼的那一吼，而當天策轉移目光看向木狼，發現木狼也陷入了自己的危機之中。

這次，他的對手不是屍鯊，而是一片白霧，白霧籠罩住木狼的頸部以上，木狼的面容因此開始扭曲。

漲紅的臉，緊皺的眉，這片白霧在奪取的，顯然是最基礎的需求，氧氣。

只是，木狼的手在空中連抓，卻都沒抓到這團白霧。

這樣的敵人，到底要怎麼對付？

若是平時，木狼也許能抽身離開，或是將一身豪邁道行先積蓄再爆發，將這團白霧硬是炸開，可是此刻的木狼，手上的狼鍘正與冬之劍互相僵持著，誰先抽手，誰就會被對方澎湃的道行所吞噬。

所以木狼無法逃，也沒有多餘的道行可以炸裂，面對這樣奇異的陰獸，他的下場似乎就只有那一百零一個，那就是死。

天策看著木狼，他腦海隱然猜出這隻陰獸是什麼了……他是陰獸中極為罕見的人化陰獸，他叫鬼馬小精靈。

鬼馬小精靈究竟從何而來頗有爭議，有人說他生前是人，死時太過糊塗，又或者觸發了某些條件，竟不是生成陰魂而成為陰獸！

初生時陰獸能量較陰魂強，也較為兇猛野蠻，但少了自我意識，於是鬼馬小精靈變成了一個特殊的存在，他既擁有部分的自我意識，卻又有陰獸的兇暴與武力，故被列為A級陰獸。

不過鬼馬小精靈雖然難纏，卻有一個非常顯著的弱點……

如今，鬼馬小精靈纏住了木狼，而且轉眼就要將陷入僵局的木狼，拖入死亡的地獄中。

天策，就要贏了。

糾纏了數十年的恩怨，就要結束了？

天策雙手捏著劍訣，操縱著單一冰霜的冬之劍，他眼睛慢慢地瞇起。

木狼漲紅的臉開始發紫，他根本搞不清楚突襲他的陰獸是誰，是嗎？

然後，天策做了一件事，他右手食指按住右眼眼瞼，然後輕輕往下拉。

鬼臉？

天策在扮鬼臉？

木狼的雙眼在此刻，像是黑暗中被點亮的一盞明亮燭光。

「扮鬼臉？」木狼就算滿臉已經發紫，卻依然在此刻放聲大笑，「哈哈，所以困住我的這混帳陰獸是他嗎？難怪能把氣息隱藏得這麼好？」

「如果是他，那對付的方法，就簡單了啊……」

說完，木狼英挺五官突然扭曲，雙眼翻白，嘴巴歪一邊，伸出長長舌頭，是比天策剛剛還要醜上百倍的「鬼臉」！

看見木狼的鬼臉，那團偷偷摸摸的白霧「鬼馬小精靈」先是嘴巴噗的一聲，然後笑了出來，而且愈笑愈大聲，愈笑愈誇張，笑到後來還躺在地上打滾，原本飄浮的身體完全具象化，完全不管他正在暗殺的對象。

當鬼馬小精靈滾落在地上，木狼自然完全解套，他單手抓住笑得縮成一團的鬼馬小精靈，然後用力朝會議室門外丟了出去。

木狼沒有用上道行，靠的全是他原本的肌肉力量，但光憑肌肉的力量就強到令人咋舌，鬼馬小精靈就這樣被當成橄欖球般扔出了會議室……飛到遙遠的天際去了。

當木狼收拾了鬼馬小精靈，他看向天策，而天策也看著他，短暫到幾乎不可察覺的溫柔對視之後……兩人手上的武器，卻同時爆發驚人道行。

不是你死，就是我活。

狼鍘，與冬之劍，再次勢均力敵地互頂著！

不過，木狼和天策也許沒有考慮到，不，應該說不是沒有考慮到，而是在這你死我活的關頭，無暇考慮到的一部分，就是……陰獸不只是A級而已。

還有一隻領頭的，傲然而立的霸者，百大陰獸。

也許牠無法被名列於十二大S級陰獸之一，但牠卻已經被陰獸綱目獨立拉入了百大陰獸之列，排行八十五，牠，就是環頓牛。

環頓牛早已不再只是單純追逐能量的野獸，牠能思考，有組織能力，如同家犬般有了主從觀念與自主意識。

牠的體型似牛，和牛唯一的差別是牛角的左右兩邊皆呈正圓，有如滿月，而牠的武器，正是那輪圓月牛角，當牠憤怒時，滿月中心會凝聚能量，並化成一股青藍色能量球。

數分鐘前，被刻上密密麻麻防禦咒語，能抵禦陰界強大能量攻擊的道幫大樓外玻璃帷幕，就是被環頓牛滿月的能量球衝破。

如今，牠昂著頭，凝視著眼前這兩個手持兵器，互相僵持的男人。

牠沉默著。

之所以沉默，是因為牠的智慧高於其他陰獸，牠知道這兩個男人不只強，而且危險，只是此刻他們正因為互相戰鬥，才給了陰獸們接近的機會……

但就算有機會，牠也不會貿然靠近他們，因為他們強大到一旦以生命為代價作反擊，連環頓牛都沒有把握能活下來。

不過，沉默半晌之後，牠卻打算進攻了。

因為牠看見了「那東西」，那東西對陰獸而言，是必須遵從的指令，陰獸們極度單純，崇尚能量，但也對極度強大的陰獸非常畏懼，而「那東西」就來自一隻位階極高，高到連百大陰獸中排行八十五的環頓牛，都無法抗拒的強大陰獸。

「嗚嘶。」環頓牛發出一聲長鳴，四蹄翻飛，牠開始前進了。

前進的同時，牠頭上的圓月也開始積蓄能量，能量宛如在兩端來回撞擊的電波，愈撞愈大，能量球愈滾愈大，愈來愈大……

大到，連周圍的風都因此改變了方向！

也在同時，僵持不下的木狼和天策，也感覺到了環頓牛的逼近！

環頓牛頭頂圓月那團能量球，絕非剛才龍蛙、風箏獸、屍鯊以及鬼馬小精靈所能比擬，也絕對不是靠著餘力能應付的……

該怎麼辦？

木狼與天策的兩大兵器，狼鍘和冬之劍仍互相抵著。

任何一方只要收回了道行，馬上就會被對方的道行以最激烈的方式反噬，斷手斷腳不說，一旦被如此驚人的道行侵入體內，輕則經脈寸斷，重則當場斃命！

該怎麼辦？

木狼和天策互看彼此，要收回道行嗎？賭上被對方當場斃命的風險？不收回道行嗎？被環頓牛的能量炮轟中，可能當場解脫了所有痛苦，化成輕盈的粉末……

該怎麼辦？

環頓牛片刻即到，眼看就要正面衝擊兩人，而兩人的兵器，還互相頂著。

該怎麼辦？

該怎麼辦？該怎麼辦？該怎麼辦？該怎麼辦？該怎麼辦？該怎麼辦？該怎麼辦？該怎麼辦？該怎麼辦？該怎麼辦？該怎麼辦？該怎麼辦？該怎麼辦？該怎麼辦？該怎麼辦

……

然後，就在環頓牛能量球完全炸裂之時，木狼和天策做了決定！

不過，真正令人感到悲傷的卻是……他們的決定，竟然是完全相反的！

完完全全地相反！

「木狼哥哥，謝謝。」四歲的天策看到木狼沒事，剛剛才停住的眼淚，又再次潰堤，哇哇大哭起來，「謝謝，謝謝你用狼鍘救了我，都是我亂放風箏！」

「千萬不要說謝謝。」五歲的木狼咧嘴笑，伸出手，揉著天策哭得滿臉淚痕的頭，「我們是兄弟，救命是小事，不用說謝謝。」

我們是兄弟。

救命是小事。

不用說謝謝。

木狼的決定，是手一收，將狼鍘硬是從這場對峙中收回。然後迴轉了半圈狼鍘，以刀面擋住了環頓牛攻向兩人的能量球，但就在這時，木狼卻感覺到胸口傳來一陣劇痛！

他低頭，看見了自己的胸膛，冬之劍的劍柄已然沒入。

「這就是你的決定嗎？」木狼苦笑。「寧死，也不收劍？」

「我的決定是，」天策看著木狼，「我相信你，木狼哥哥。」

「哈哈哈，原來是這樣，哈哈，」木狼狂笑著，笑聲中帶著淚，悲傷而疼痛的淚。「原來是這樣，你算準了我會擋這一球嗎？」

狂笑聲中，木狼的身體就這樣往後飛去，帶著冬之劍往後退去，他的傷之重，已經足以讓他魂飛魄散。

在他後退之際，四周的陰獸和政府的鬼吏同時蜂擁而來，陰獸知道此人的能量豐沛，是百年難得一見的美食！而鬼吏則是歡呼剛剛四處殺戮的木狼終於要伏法！

就在木狼閉上眼，等待死亡之時……

一雙纖細柔軟的手臂，托住了他。

然後，一滴暖暖的水，落在木狼滿是血污的臉上。

「這是淚？」這滴水讓木狼睜開了眼，「嘿，是妳？」

「對不起、對不起、對不起，」這雙手的主人，聲音哽咽，「我來晚了，木狼老大，我這副堂主失算了，你的傷好重，好重……」

「嘿，妳怎麼會來晚呢？咳咳，妳永遠來得剛剛好啊，咳咳……」木狼邊咳，一口濃濃的鮮血，就這樣咳了出來。

「可是，可是……」

「別哭囉，咳咳，想想看，妳又救了我，咳咳，我又多欠了妳一碗巴別塔牛肉麵！我現在……咳咳，」木狼邊咳，血也跟著咳出來，「應該欠妳，咳咳，五百二十八碗了吧？雙瞳。」

雙瞳？此人果然是道幫最任性的副堂主，擁有幻術技的高手，雙瞳！

是她在關鍵時刻衝入戰場，並以她最擅長的幻術，架出一個政府與劍堂無法輕易涉入的幻境，藉此爭取與木狼最後的相處時間。

「才，才怪……」雙瞳邊擦著眼淚，原本堅強任性的她，在看見木狼重傷如此，無法控制地顯露了真性情，以及對木狼那深刻無比的情感，「是、是……五百二十九碗，你忘記算上這一次了。」

「忘記算這一次，哈哈哈，咳，哈，咳咳……」木狼大笑著，邊笑，卻又繼續咳血，「好好，咳咳，那就是五百二十九碗，咳咳，我一定會還的……」

「但是，你的傷，你的傷……」雙瞳一提到木狼的傷，又開始哽咽起來。

「木狼哥，何時騙過妳。」木狼滿臉血污的臉，露出了笑容，他的手伸出，輕輕摸著雙瞳的臉頰，而雙瞳則微微閉上眼，彷彿在用力記住木狼手心那粗粗的溫暖。

「才怪，你明明常騙我，但以前你騙我，我生氣都是假的，這次如果你騙我，如果真死了，我會恨你，恨死你一輩子！」

「呵呵，被雙瞳恨一輩子，咳咳，好可怕，咳咳，我不敢啊！」木狼的眼神收斂，語氣放低，「我，咳咳，還沒打算死，咳咳。」

「嗯。」雙瞳認得木狼這眼神，這是他傲霸陰界數十年的眼神，而雙瞳也知道，當木狼老大露出這樣的眼神，表示他的字字句句都是命令，關鍵且必然遵守的命令。

「帶我離開，然後……」

「嗯。」

「帶我去向政府投案。」

「啊。」雙瞳低呼出聲，「政府？投案？」

「是的，向六王魂的天機吳用投案。」木狼眼神雖然堅定，但臉色已經蒼白到毫無血色，逼油近盡燈枯的階段，「可以嗎？」

「……」雙瞳不再遲疑，「可、以。」

「放心，咳咳，我，」木狼滿是乾涸鮮血的蒼白臉龐，嘴角淡淡揚起，「想活下去，我木狼，咳咳，隸屬甲級右弼星，咳咳，老子還有天命沒完成！」

帶木狼離開這裡，然後向政府投案？雙瞳內心仍是滿滿的疑惑，但對執行命令這件事，卻沒有任何疑慮。

既然老大開口了，那就做吧！

雙瞳緩緩起身，同時間，他感覺到她的幻界被一把劍穿入，更被一分為二。

一分為二的幻界後面，露出的是天策那白色的眼珠，與他寒冰般的五官。

「閒聊完了？該受死了吧。」天策手持冬之劍，劍鋒直指雙瞳和已經昏厥的木狼。

「先逃出這裡。」雙瞳的眼中那對雙瞳，在此刻緩緩轉動，有如宇宙中的日與月，以彼此的引力為軌道，交替迴旋著。

接著，她眼中日月愈轉愈快，愈轉愈快……隨著她雙瞳轉動，整個會議室的空間竟然產生了巨大的扭曲，所有事物都在這扭曲中改變了形態。

所有的倖存者，甚至陰獸，都被困在這些扭曲之中，而環頓牛則因為被木狼的反擊所傷，暫時沒有動作。

但這些扭曲之中，卻有一個人維持了完整的形態，驕傲而狂妄，毫髮無傷地站著，他當然就是，劍堂之主，天策。

「雙瞳啊，這數十年來，妳也算深藏不露啊。」天策冷笑，「這幻術，就快逼近甲級星等級了吧？」

「……」雙瞳沒有說話，因為她道行已經凝聚到了頂峰。

要一次衝出去。

眼前這一局，滿滿的政府鬼吏，亂竄的陰獸群，還有，這個男人。

這個足以和木狼分庭抗禮的男人，只有一次機會，將幻術拉到頂峰，然後一次衝出去。

「只有一次喔。」天策的背後，四把劍，閃耀著各自不同的光芒，粉紅春之劍，烈紅的夏之劍、深黃的秋之劍，以及……冷藍的冬之劍！「要好好把握啊，胎星，雙瞳。」

「這一招，叫作『日月雙瞳』。」這一剎那，雙瞳的眼中那如日月般翻轉的瞳孔，陡然停了。

所有扭曲的空間，也在同時，被一口氣吸入了她的眼中。

所有的陰魂、陰獸，也在這一刻感覺到失去了一切，一起被吸入了雙瞳的眼中，像是墜落在一個無法控制的場域，而這個場域的女皇，操縱萬物生死的絕對控制者，就是這個擁有兩個瞳孔的女人。

那天策呢？他沒有動。

雙瞳的眼，無法將他吸入。

「啊啊啊啊啊！」雙瞳抱起了木狼，往前奔去，就算日月雙瞳無法困住天策，但還是得拚命闖出去。

而天策背後的四把劍，也隨之顫動起來，每一下顫動都像是飢餓的猛獸，要擊殺眼前獵物。

然後，雙方交會錯身。

生死，就在這一瞬，做出判定。

木狼與天策，刀堂與劍堂，數十年的恩怨情仇，狼鍘與劍飲，孤單與驕傲，冷漠與無悔……都在這一瞬間，做出了判定。

第二章・雙重星核

黑暗巴別塔旁的牛肉麵店中。

一個女孩，正安靜地躺著。

而她的周圍，被一片靜謐的黑暗籠罩，黑暗裡，點點的星光忽明忽暗。

仔細看去，會發現每顆星星和女孩身上的每個穴位，都牽連著一條隱隱的線，表示每顆星星都連動著女孩身上的一個穴道，隨著每次星星的閃動，穴道都像是呼吸般隱隱顫動著。

這時，一個男人的聲音傳來：「沒想到，老闆娘妳這一手『星穴』的功夫，竟然還真的有人能學得起來嘿？」

這個躺著的女孩旁邊，站著另外一個女孩，她留著俐落短髮，有一雙溫柔深邃的眼神，她的十根手指，正輕巧地在躺著的女孩身上滑移著。

十指觸動跳躍，有如鋼琴演奏，也有如紡者穿針引線，更如醫者閉目凝神的觸診。

「你這臭小偷，『星穴』醫療首重專注，你可以安靜一點嗎？」在女孩旁邊，還有一名年紀約莫五十歲的婦人，此婦人穿著廚娘服裝，右手抄鏟，左手拿碗，自然形成一股霸氣。

「嘿，什麼臭小偷？外界可是尊稱我莫言一聲神偷嘿。」那男人攤開雙手，語氣中沒有半點被激怒的感覺，「不過周娘啊，當年妳被尊稱為陰界第二神醫，外型火辣，配上手甩針星穴的功夫，英姿是何等帥氣？不知道迷倒多少追求者，現在倒是完全不同了嘿！」

「哈哈哈哈，莫言啊。」老闆娘大笑，在她爽朗的笑聲中，依稀可見當年女神醫的豪氣，「外表亮麗能當飯吃嗎？我倒挺喜歡現在的自己，至少兩個字，自在。」

「也是，是自在。」莫言點頭，「老子我也是走這個路線的，管他世俗眼光，老子就是愛偷，能偷，誰管得著我？」

「是啊，黑幫與政府大戰以後，這麼嚮往自在的你，竟然會出手救這女孩，你果然挺欣賞她的。」老闆娘微笑，「因為，真的很像，是嗎？」

「說像也像，說不像也不像。」莫言表情淡然，嘴角卻有著一抹無法被察覺的微笑，「但不管像或不像，我現在想救的，就真的是這個女孩而已。」

「好。」老闆娘在此刻慢慢起身，「若真要救，時間到了，我們是該離開了。」

「該離開了……？」

「星穴救人，講究的是天時、地利、人和。」老闆娘如此說著，「人有了，就是小曦，地有了，此地巴別塔旁陰氣凝聚，最後要到位的，就是天時，再過一分鐘，時辰進入子時，夜入深沉，氣聚於陰，正是星穴重新運行，也是救人的最佳時機。」

「所以我們該閃了嘿？」

「是的，」老闆娘說，「咱們閃遠一點，讓小曦好好表現吧。」

「嘿。」莫言點頭，偷盡天下寶物的他，深知術業有專攻的道理，要讓小曦救人，就要全盤相信她。

琴，妳能不能活下去，就看這菜鳥小曦的手段，還有琴妳自己到底有多少造化了嘿？

房間中，剩下兩個女孩，一個躺著，一個站著。

躺著的女孩，長髮柔細地灑落在枕上，雙目緊閉，呼吸淺而急，是生死一線的徵兆。

而站著的女孩，俐落過耳短髮，同樣雙目緊閉，似乎在感覺著什麼……

躺著的女孩，是一路上從被鬼卒追殺，殺入殺出鼠窟，進入過颱風核心，更在土地守護者的保護下稍稍休息後，進入了道幫，最後被捲入謀奪幫主的陰謀的——琴。

站著的女孩，則是曾經只是一名小鬼卒，但在忍耐人事件之中與九隻猴子的老九搶奪魂魄，後來加入了巴別塔牛肉麵的夥伴之中，更一起走過了颱風事件，她的技非常獨特，因為她同時學會了阿葳的「操蚊術」與周娘的「星穴大法」……她正是女鬼卒小曦。

如今，當周娘因為封針而無法醫治琴。小曦，這曾是默默無名的小鬼卒，則站到了琴的面前，伸出了雙手，她要開始她第二次的星穴療程。

第一次療程，是針對忍耐人，也就是那一次，小曦被化成鐵棺的忍耐人拖上了天空，墜落到醫院，更與極惡的鬼卒老九展開一場場驚心動魄的殊死戰。

「好了，子時已到，陰氣直升蒼穹，陽氣走入低沉之影，正是最適合醫療陰魂之時。」小曦閉著眼，此刻，躺在她面前的女孩，不再是琴，而像是一片沁涼深邃的星空。

小曦的雙手降下，緩緩浸入了這片星空之中。

然後，她的指尖，感受到那些正在流動的，互相牽引的，有如星體的穴道。

這些星體存在著一種自己獨有的排列運行方式，不過，此刻運行的方式卻顯得混亂而衰弱，幾顆在心臟附近的穴道，甚至已經停止了運轉。

「看樣子，真的傷得很重哩。」小曦閉著眼，她讓自己的呼吸和星穴移動同步，等同和琴的呼吸，處在相同的節奏中。

然後，小曦開始攪動她的雙手，去撥正這些混亂運行的星穴，要將它們拉回正軌。

這些受傷的、錯亂的，甚至就要彼此撞擊的星穴們，似乎也感受到了小曦雙手的力量，開始環繞於她的雙手之間，似在探詢，也在抵抗，抵抗這股外來的力量。

而小曦只能閉著眼，全心全意地感受著，她知道自己要找什麼……就是星穴之核。

星穴，代表的是魂魄凝聚流動的頓點，有點類似陽世人們所說的穴道，但又有些不同，不同之處在於，每個陰魂的星穴圖都不一樣。

如果能探查出對方的星穴圖，不單是治病，只要打中敵方的星穴，就可以輕易阻斷敵方的能量流動，讓對方陷入昏迷或重傷，但若直接擊中星穴之核，甚至可將對方瞬間擊斃，能量再強一些，甚至得以讓魂魄破碎於無形。

星穴乃魂魄流動之節，也是弱點所在，所以道行愈是高超之人，其星穴愈會隱匿其蹤，數目更會逐漸稀少，按照周娘記憶，政府六王魂之首天相，星穴只有一枚，就是星穴之核，但強度之高，行蹤之隱密，幾乎是無從探查。

但真正讓周娘驚嘆的，卻是已經盤據陰界第一高手數百年的太陽星地藏，他體內已無星穴，甚至連星穴之核都已練化到無，等同毫無弱點可言。

如今，琴躺著，而小曦摸索著，她要找到琴的星穴之核，傷得如此重，只有從星穴之核開始調整起，才能讓混亂狂暴的星穴，重新回到它們自己的位置。

「你在哪?星穴之核，你在哪?」小曦雙手沿著琴的身體探索著，感受著琴星穴逐漸升高的敵意，她必須快點找到琴的星穴之核。

忽然，小曦覺得身體一重，她的雙手感受到一股強大的吸力，吸力之中帶著旋轉之力，要將她的身體扯入！

「在這了！」小曦吸了一口氣，手中的道行開始轉動，要將琴體內這顆星核，扭到正確的位置。

只要星核歸位，此刻紊亂的星穴就會以此為依歸，撥亂反正，回到正軌。

將星核拉回正軌，是星穴治療最關鍵的時刻，也是最危險的時刻，因為星核不只是所有星穴的中樞，更是能量最強之處，要將能量核心拉到正軌，靠的是治療者的道行高低、經驗多寡，以及最重要的，她的天賦有多少？

小曦的雙手按壓著琴體內的星核，不斷催動著她的道行，要將星核拉回，同時間，星核也開始反抗，不只反抗，更帶出一股股吸力，扯得小曦體內的星穴也開始流動……往琴體內星核方向流動過去！

「這是什麼？」小曦幾乎要尖叫，她感覺到自己的星穴正被琴體內的星核拉扯著，不只如此，她的星穴也開始混亂，這樣下去，不只是琴，連小曦自己都會身受重傷。

「老闆娘從來沒有和我說過，星核會反擊這件事！這到底怎麼回事？」小曦一邊拚命抵抗來自琴星核的巨大吸力，一邊拚命從她有限的經驗中，找出跳脫這險境的方法……

「不，按照老闆娘的說法，星核不會反擊，除非我弄錯了星核，但我現在找到的這一枚星穴，明明所有小星穴都繞著它轉，我怎麼會弄錯？」

小曦感到全身都要虛脫，太強了，琴體內的這枚異常星穴，幾乎要將小曦全身的星穴都拉過去。

這是什麼力量？

如此狂霸如此尊貴的力量，小曦想起了老闆娘曾提過的天相老人與僧幫地藏，難道這就是具備星格的魂魄，才會擁有的星穴威力嗎？

小曦感到全身身體一震，她體內也湧現一股強韌力量，這力量盈滿全身，開始力抗琴體內的巨大拉力。

這……小曦睜大眼睛，這力量對小曦而言，又陌生又熟悉，之所以陌生，是因為小曦從不知道這力量的存在，而之所以熟悉……小曦在每次危難之間，好像都曾經被這力量所救？學會阿歲的操蚊術時，理解老闆娘的星穴大法時，在颱風之中追逐柏的背影時……

「只有星格才能抵抗星格，難道，這位琴身負重大星格？而我……」小曦腦海瞬間閃過這念頭，「也有星格嗎？」

兩股星穴之力就在小曦與琴之間，以小曦雙手為媒介，互相拉扯著，乍看之下兩力呈現平衡，但實則異常危險，摻入這場無聲無形戰鬥的力量愈強，一旦失衡，立刻會將雙方的星穴運行完全打亂……

小曦知道，所以她必須趕快解決那最棘手的問題！那就是……琴體內那會反擊的「星核」究竟是什麼？

要知道琴體內星核錯亂的謎，唯一的辦法，就是……真的被琴的星穴拖入其中！也在小曦領悟這道理的同時，她做出了決定。

她，放開了體內抵抗的力量。

然後，那股來自於琴身體深處，不讓小曦治癒琴自己的星穴之力，宛如狂暴的閃電，捲住了小曦，並將她的星穴群，一起拖入了琴的體內。

小曦的意識即將喪失，最後一刻，她看見了，琴深藏於靈魂深處的風景，那是……星穴反擊的真正原因。

很香。

一股小曦從未聞過的食物香氣，正從小曦面前的桌上飄來，小曦訝異低頭，才發現她正坐在一張餐桌之前，而桌上擺著一份用白瓷盤所裝的炒飯。

這從未聞過的食物香氣，就是從炒飯熱騰騰的米粒縫隙中，飄湧而出。

「炒飯？」小曦湊上身子，用力聞了聞炒飯香氣，基於本能地用手在桌上摸……咦？卻沒有找到任何餐具。

所以，如果要吃，就要用手抓嗎？小曦有些猶豫，但鼻尖沐浴在這麼香濃的食物香氣中，實在難以克制地想要大啖一口。

終於，小曦放棄了對餐具的堅持，回到對食物最原始的取拿方式，她伸出了右手，輕輕捏取一小團熱燙的炒飯，仰起頭張開嘴，小心放入了口中。

當炒飯落入小曦口中，米粒碰到柔軟的舌頭，其中所蘊含的各種食材的氣味，頓時嘩啦一聲全部散開，有著甜甜酒香的米，摻入曬了暖暖陽光的橄欖油，清脆到可能會讓人想要隨風起舞的高麗菜，在小曦的口中跳舞著。

當所有食材到齊，在小曦的舌尖上它們開始共舞，開始重新合成新的氣味，而這樣的美味，讓小曦忍不住閉上了眼，嘴角無法克制地揚起，同時間眼眶發熱，一股對生命與記憶的懷念，湧上了她的眼角。

想哭？

為什麼感受到美食之後會湧現想哭的情緒呢？我在懷念什麼？還是，這盤炒飯想讓人想起什麼嗎？

但，究竟是什麼呢？小曦想著，啊，也許是缺憾，因為在這盤豐富且驚奇的炒飯之中，的確還欠缺著什麼……

一個應該能夠融合所有食材，有如流水般流過每個食材，並將所有食材如幼童般包覆其中的──蛋汁！

除了蛋汁之外，還有一個味道也沒有在炒飯中出現，那是像是主角般耀眼，強勢，能帶領所有食物到達味覺頂峰的……肉！

沒有了蛋與肉，這盤炒飯就算擁有著來自大地的酒香米、隨風起舞的高麗菜、陽光燦爛的橄欖油，都還不夠。

這就是缺憾，所以這女孩的星核之中，儲存著這盤炒飯的記憶，是嗎？

這份缺憾，就是這女孩心中那星核不肯乖乖回到原位的主因嗎？

感受到這裡，小曦已然明白問題所在，也明白她該怎麼做了？

她閉上眼，一隻手，輕托著星核，而另一隻手繼續在星穴之中緩慢移動，小曦要找什麼……

「找到了。」小曦淡然一笑，「你果然在這裡，第二顆……星核！」

第二顆星核？

「妳的魂魄裡，有著此刻的意識，也有著過去的記憶，兩者無法合一，所以才互相衝突，不想乖乖被療傷吧。」小曦輕輕說著，「雖然我不知道為什麼會發生這件事……但我相信妳有自己的故事。」

「那盤驚奇美味卻有所缺憾的炒飯，肯定會是將兩者合而為一的關鍵，不過，這也不是我可以繼續干涉的事了。」

「我現在唯一能做，也是非做不可的事，只有一件……」小曦吸了一口氣，雙手開始用力，「那就是治癒妳，不管妳……」

此刻的小曦，左手托著第一顆大星核，右手帶著第二顆小星核，當兩手開始聚攏，只表示了一件事！

「……願不願意啊！」

說完，小曦雙手已然合起，合起的同時，琴的體內那各據山頭的大小星穴，也在小曦的手中，溫柔且暴力地，合而為一了！

「欸？」同時間，原本坐在外頭，閒話家常的老闆娘與莫言，兩人倏然抬頭。

「裡面。」老闆娘對星穴異變極度敏銳，她已然躍起，握住了關閉的房間門把。

「出事了。」莫言道行則是高了一籌，後發先至，他的手先一步按向房門。

道行勁力從掌心一吐，就算是鋼鑄鐵門，也會在他掌心下碎裂。

而當門整個彈開，門內景色一覽無遺，老闆娘與莫言兩人，卻都「啊」了一聲。

眼前，竟然出現幾條有如大蛇般的粗鐵線，粗鐵線上帶著吱吱作響的兇暴電能，朝門外甩來。

這，究竟是什麼狀況？原本在治療琴的小曦，又到底發生了什麼事？

是電。

一團直徑約莫一公尺，散發著猛烈能量的金黃色電球，正在房間裡亂竄飛舞著，電能澎湃危險，只要碰到任何物品，該物品立刻焦黑爆裂，無一倖免。

而倚在床邊，極力護住琴病體的小曦，正揮舞著雙手，使出她所有會使用的技，試圖攔阻這團發狂的電球。

從地面上的屍骸和刮破牆壁的痕跡來看，小曦已經使用過了阿歲的操蚊術，但擅長偵察與無縫隙攻勢的蚊群，卻剛好被更加綿密的電系攻擊所克制。

就算蚊子的數目從數十隻飆升到百隻以上，也都鑽不進電球的防護網，甚至連電能的攻擊都躲不過，滋滋滋滋一陣亂響。

只剩滿地烤得焦香的蚊群了。

「這就是陽世有人會賣電蚊拍的原因嗎？」小曦苦笑，「阿歲這一招『操蚊術』怎麼這麼怕電啊？」

除了操蚊術之外，擁有異於常人學習能力的小曦，右手一翻一轉，星穴大法亮出，但隨即小曦苦笑，收回星穴大法……

星穴大法用在醫術可以打通混亂經脈，用在戰鬥則可以阻斷魂魄或是陰獸的能量流動，算是一個效率極高的戰鬥方式，但如果對手是無生命的電球呢？

算了吧，星穴只是讓自己的手指頭被電焦而已。

小曦手上兩大技能都毫無用處，面對狹窄房間內憤怒抓狂的電球，她該怎麼辦？

就在電球一個迴旋，強大電能迸裂，朝小曦衝刺而來的同時，小曦忽然感到雙手手臂突然閃爍深沉的金屬灰色光芒。

「這是……」小曦心性聰敏，頓時了解她此刻是啟動了何人的技？

她手臂上的金屬光澤，是一個曾經心碎的魂魄，也是她第一個以星穴治療的男人。

「拜託要擋住啊！擋住！」小曦雙臂高舉，擋在自己的頭部之前，「忍耐人的絕招，鐵之臂！」

電球猛衝，速度快到眨眼即至，小曦感到化成鋼鐵的雙臂一震，她知道，電球已經正面撞上了。

但下一秒，小曦就感覺到事情不妙。

因為電球強猛的電能，竟透過了她鑄鐵的雙臂，灌入了她的全身，就在小曦全身發麻之際，她想通了一件事。

要命！鐵，可是會導電的！

換句話說，這個名為琴的女孩，她的技可以同時剋住阿歲的操蚊術，讓星穴失效，而忍耐人的鐵，更因為金屬的導電特性而完敗於電能之下。

這女孩的技如此特別，能輕易克制住這麼多種他人的技，如果她擁有星格，甚至是甲級星以上，那不就表示她甚至擁有撼動陰界的資格？

小曦腦海中閃過這一絲驚異，但隨即就被全身劇痛的感覺給淹沒……對，現在不是想這些事的時候，電能強猛，她該怎麼脫身？

該怎麼……小曦痛得暈眩，她明白，她沒有辦法脫身，這電球已經完全封鎖她的能力，她甚至可能會，死在這裡！

治病治到沒命，這對剛剛踏入醫療之路的她，實在是一大挫折啊，在電能轟擊下的疼痛中，小曦忍不住苦笑……

但就在她快要被電能轟到失去意識時，忽然，她感到電能威力驟減，龐大的電能似乎被什麼力量所拉扯，被扯到了另一側去了。

到底是什麼力量在拉扯這電能？小曦急忙睜開眼睛，她看見了前方多了數條粗大鐵線，這些粗鐵線纏繞上了她鐵化的臂上，鐵有導電性，頓時把兇猛的電能引入鐵線之中。

電能一洩，小曦鬆了一口氣，頓時癱坐在地。

然後她順著鐵線轉頭，看見了他。

是他，就是他，真正的操鐵者，以鐵為技的男孩——忍耐人。

他搶下了攻擊小曦的電能，豐沛的電能以驚人的高速順著那盤桓的鐵線，轉而襲向了忍耐人。

「忍耐人！」小曦低聲叫了出來，同時間，電能爆出燦爛炙熱火花，在忍耐人的周身炸裂。

小曦吸一口氣，從地上站起，並朝忍耐人方向奔去。

「別過來。」在這些炸裂的電能火花中，忍耐人咬著牙，伸出手阻止了小曦，「危險。」

「可是……」小曦看著電光中的忍耐人，那震動她心靈的感覺，又再次湧上了心頭。

「這點傷，我還忍得了，誰叫我是……忍耐人呢。」忍耐人一笑，同時間，他周身又出現了好幾條粗鐵線，有如靈活蜿蜒的大蛇，咻咻幾聲，甩向了門外。

「咦？」小曦一呆。

「電太多，就讓它接到外面寬闊的地面就好。」忍耐人忍著電光轟擊，身體好幾處已經冒出了黑煙，「俗稱，接地！」

再強的電能，也無法傷害寬闊無邊的大地，也就是地球本體，只要將電送入地面，電的傷害就等同完全消失。

在陽世，這是普遍的電學知識，而忍耐人來自陽世，縱然陽世記憶在進入陰界後被洗淨，靈魂深處卻依然帶著這樣的本能，於是，他製造了數條粗鐵線，要將這些狂暴的電，像一袋垃圾般，扔到門外去。

只是，當垃圾往外扔去時，卻沒有預料到，門剛剛被打開，門後兩個因為擔心小曦和琴的人，恰好推門進來。

不偏不倚，不多不少，不折不扣地，被這幾條帶著強力電流的電線，啪嗒啪嗒硬是甩上了臉。

而這兩個人，正是牛肉麵店的老闆娘，與擎羊星神偷莫言。

「搞什麼鬼！」老闆娘的聲音拔高，「怎麼會有這些像鞭子的粗鐵線！」

「而且還帶電！」事情太過突然，連莫言都皺起了眉頭，「搞什麼東西啊嘿。」

但也在此刻，方能見識到兩大高手的功力，老闆娘十根指頭伸直，指尖散發淺藍色光芒，正是「星穴」啟動的前兆。

但是，星穴不是對電能無效嗎？電能不是沒有魂魄，所以沒有所謂的穴位嗎？老闆娘啟動星穴，又能幹什麼呢？

只見老闆娘十根指頭開始快速戳動，但卻不是戳向那些帶電的粗鐵線，而是戳向了……自己！

周身六六三十六大穴道，老闆娘只花了零點五秒就全部點上一遍，當老闆娘點完之時，她眼睛放出強烈神光，道行強迫提升了一倍有餘，也是因為這提升的威力，讓她雙手悍然接住了甩向她的兩條粗鐵線！

在強化的道行威力之下，老闆娘低喝一聲，雙手同時用力，粗鐵線就這樣啪啪數聲，全部被握碎。

不只如此，電能更傷不了老闆娘，被她道行全部震到一旁。

「電能的確沒有穴道，所以星穴傷不了它，並不代表星穴完全沒有用喔。」老闆娘解決了眼前兩條帶電鐵線，道行退去，又露出溫柔笑容，「端看怎麼使用而已啊。」

不過，老闆娘解決了這突如其來的電能攻擊，另外一人呢？

老闆娘因為位置的關係，面前只有兩條粗鐵線，而莫言的方向，可是足足有四條，攻擊性也是老闆娘的兩倍。

攻擊加倍，危險卻未必加倍，原因很簡單，因為對手換上了另一個人，莫言。

「帶電的鐵線？」莫言伸出右手，五根修長手指如魔術師般悠然移動，移動雖緩，卻帶著一種迷離光影，讓人看不清他五根手指的軌跡。

但也就在指影錯亂的此刻，所有的帶電粗鐵線，突然一起縮小，縮入一只透明的收納袋中。

這四條帶電粗鐵線如慌張的蚯蚓，左衝右突，想要撞破這收納袋，但都只是徒勞無功。

而這只收納袋，正被一隻手悠閒地提著，這隻手的主人不是別人，正是帶琴來的莫言。

「帶電？」莫言將手上的收納袋靠近了眼前，臉上又浮現了那帶著邪氣的帥氣笑容，

「這麼巧，我的收納袋無法導電啊。」
然後，莫言的右手一翻，將手上的收納袋整個握入了拳心。
拳心裡的收納袋，隱隱發出低沉金屬電光的炸裂聲後，就從此了無聲息……
「周老闆娘，那我們現在可以開門進去了嘿？」莫言淡淡地說，「不會再干擾妳徒弟運穴了吧？」
「哼。」周娘將門把繼續往前推，而房間內的一切景物，就這樣順著門扉的推移，完完全全地呈現了出來。
「嘿。」率先發出聲音的，是莫言，聲音中更帶著幾分訝異與驚喜，「周老闆娘，妳徒弟的功力倒是不錯啊。」
「嗯。」老闆娘沒有說話，因為連她也訝異於這次醫療竟如此神效。
因為琴身體的傷痕已經消失了，那從胸口一直透到背脊的劍傷，已然完全消失了。
外傷已去，就只差從昏迷中清醒過來了。
「妳的徒弟，看起來頗有青出於藍的氣勢嘿。」莫言笑。「妳這天下第二神醫的位子，快坐不穩啦，老闆娘。」
「啐，這個天下第二神醫，不知道替我帶來多少麻煩，被摘掉最好。」老闆娘哼的一聲，「不過現在麻煩的事又多一樁了……這個老愛拿自己生命開玩笑的小子，忍耐人。」

此刻生命垂危的人，換成了小曦懷中的男孩，忍耐人。

「是忍耐人替我承受了這一擊……」小曦眼中含淚，看著老闆娘。

「這小子，怎麼老是幹這種事啊。」老闆娘走到忍耐人面前，「剛剛的粗鐵線，就是他弄出來的吧？是為了救妳嗎？」

「是的，他是為了將電能往外導，才創造出這些粗鐵線的。」小曦咬著牙，「怎麼辦，我要再替他進行一次星穴治療！」

「別傻了，妳力氣早就耗盡，再治一次別說妳治不好，就怕連妳都把命賠上去！」老闆娘冷哼一聲。

「是啊，師父，妳還有別的治療方法嗎？除了星穴之外，例如藥物？例如外部手術？例如……」

「普天之下，能和星穴抗衡的醫術只有一種，只不過那醫術我一點都不會，至於其他的方式……我都是不屑一顧。」老闆娘依然看著兩人，她的眼神，好像在猶豫著什麼。

「那怎麼辦，師父？」小曦搖著頭，眼眶已然隱隱有淚，「怎麼辦，忍耐人他怎麼辦……」

「事實上，還有一個辦法。」老闆娘嘆了一口氣。

「什麼方法？」

「那就是我親自治療。」

「啊？」聽到老闆娘這樣說，所有人都驚呼，「可是，妳不是封針了嗎？若違背誓言，不就是……」

「要解開誓言的方法其實不是沒有，」老闆娘的目光轉向了莫言，「但要看這人願不願意付這一筆醫療費了。」

「說說看嘿。」莫言雙手抱胸，「我神偷莫言偷遍陰界各地珍寶，從不付錢，但看病這件事，卻從來沒有欠過帳！」

「好，既然你有心要付錢，那我就說了。」老闆娘看著莫言，「當年，我因為治了不該治之人，而被綁下了禁咒，就是這份禁咒，讓我從此封針……」

「禁咒……」

此刻，莫言非常輕地，吸了一口氣。

要知道莫言這人個性外冷內溫，一身怪異的武學，絕對是一個天不怕地不怕之輩，敢隻身闖入道幫救走琴，也敢踏入颱風中加入混戰，更曾經闖入鼠穴，面對各級的鼠類陰獸……

這樣的人，竟在聽到「禁咒」兩字之後，不自覺地吸了一口氣。

禁咒兩字，在陰界，究竟隱藏著什麼樣的含意？

「所以，這份醫藥費，就是請你將那個『禁咒』偷出來。」老闆娘看著莫言，「只要偷出來，我的封針自然解開，這段時間，我可以用一些方法，延遲忍耐人的生命。」

「……」莫言沒有回答。

禁咒可以用偷的？而且一定極度難偷，不然不會非得莫言出馬。而他的沉默，更是加倍證明了這件事。

「但，莫言，我並不會勉強你。」老闆娘察覺到莫言的沉默，「畢竟『那裡』危險的程度，堪稱陰界數一數二，畢竟整個陰界沒幾個人敢潛入那地方，更沒幾個人想去那裡偷東西……」

「……」莫言依然沉默著。

莫言此刻的目光，移向了躺在床上的琴，琴的手指微動，長長的睫毛輕輕眨動，似乎馬上就要醒來。

這麼重的傷，真的被這個叫作小曦的女孩救好了……就算不管忍耐人，這份救琴的債，總是得還的啊。

「平常不愛救笨蛋，這一救，果然得付出一些代價嘿。」莫言終於開口了，語氣中帶著一股強韌的覺悟，「看病一定得付錢，不然我這神偷的名字，可就被陰界高手們唾棄了。」

「喔……」老闆娘揚起了眉毛，「神偷，你的意思是？」

「好，我去『那裡』偷禁咒。」莫言的笑容，再次回到那帶點邪氣的瀟灑微笑，「『那裡』是整個陰界專司創造編寫，以及收藏保管咒語的地方……也是現今的黑幫之首……」

「黑幫之首？」

這一刻，所有人都懂了，莫言所倒吸的那口氣，以及他的沉默，究竟從何而來了……

「『那裡』，就是僧幫總部。」

第三章・松鼠登場

此時此刻，此情此景，無論對浩瀚的陽世或深邃的陰界而言，都堪稱絕無僅有。

對陽世而言，愈來愈多人放下手邊的工作，丟下手裡的雜事，忘記自己正在逛街吃小吃，去找尋電視機，或打開手上的手機，然後把聲音打開，毫無顧忌地調到最大聲。

因為他們從朋友間，從網路上，從街頭巷尾傳來的訊息，都在說著同一件事……

「這一次的歌唱大賽，四強賽非常精采！」

「一定要聽！」

「快去聽！快去聽！有現場直播！」

「最強的山林歌手阿皮和黑馬的沉默歌手小靜，竟在第一回合以〈母親的名字〉和〈海風〉打成了平手，要進入從未發生的延長加賽……」在百萬人同時收看的影片下方，一串串對話正像捲軸展開般，往下延續著。

「延長加賽？」

「延長加賽中，傳奇歌曲〈松鼠〉就要出來了！」

「松鼠？這是什麼歌，我從來沒聽過啊！」

「這可不是普通的歌……就算它還沒有上市，但它是歌手阿皮童年山林的旋律，再加上知名製作人強哥親自編曲製作，只要聽過一次，就會深深愛上，真心不騙！」

「強哥？那個知名製作人？那好像可以聽一下喔。」

「一首現場直播的歌，花不了幾分鐘，聽完絕對不會後悔，包準你會愛上這首歌！更何況……」

「更何況什麼？」

「他的對手，是這次歌唱比賽的黑馬，小靜。」

「小靜？又一個沒聽過名字的歌手？」

「廢話，他們還沒出道，沒出過唱片，當然不有名，但我敢說，他們的歌聲不輸給現在的一線歌手！四強中包括舞者周壁陽、海之聲小靜、山林王子阿皮，還有實力肯定是最強，奪冠呼聲最高的……夜之女王蓉蓉。」

「哈，你倒是背得很熟啊。」

「當然，這場歌唱比賽是歷年來水準最高的，讓我無法自拔啊！」

「好。」底下不斷延伸的對話捲軸，大家如此說著，「那這一首阿皮的〈松鼠〉對上小靜不知名的參賽歌曲，我們就來認真聽聽看吧！」

我們就來認真聽聽看吧！

這句話，就像是一枚小小的原子彈，從飛機的底座脫離，然後在三千英里的高空中，迎著強風緩緩往下墜落。

準備穿過安靜的平流層，穿過空氣團塊翻動的對流層，穿過熙攘的都市上空，穿過一群群高聳的大樓，穿過映著陽光的大片玻璃，咚的一聲，落在熙攘的人行道上。

最後，裂開。

裡面千萬噸的能量，化成音符，震撼這個世界。

除了陽世，反應更巨大的，其實是陽世的另一面，陰界。

陰魂們，正口耳相傳，不斷地往同一個地方匯集。

一開始是一百個，然後是五百個，接著是一千個，很快到達了三千個，又在短短的幾分鐘內，聚集了上萬個魂魄。

聚集的地方，就是電視台，就是這個歌唱比賽的現場。

數萬名的魂魄，他們仰著頭，張著虛無的嘴，等待著第一句歌詞響徹會場時，那飄散在空氣中的酒。

形態如泡泡，卻擁有能讓陰魂們飽足、迷醉和忘卻所有煩憂的「泡泡酒」。

泡泡酒一如陽世的酒類，不同的原料，不同的製作方式，不同的年分，不同的製作者，就會產生截然不同迥異的繽紛味道。

愈是醇的酒，愈是可貴。

如今，阿皮的〈松鼠〉，幾乎符合了所有極品醇酒的條件。

唱者歌喉高超，歌曲背後情感深厚，編曲者經驗豐富，最後一項關鍵，則如同良藥的引子，龍圖最後綴上的那一枚眼睛，那就是，這是一個氣氛極度緊繃的現場演唱！

一個音階的錯誤，就會墜入無盡深淵。

一次勇敢的挑戰，就可能為你的歌唱體驗帶到難忘的高峰。

一個對手，和你一樣，賭上一切地完美演繹歌曲。

若一首歌，能夠透過這樣的比賽被唱出，絕對是極品，是醇酒中的醇酒。

陰魂們知道，於是他們無法自拔地往同一個地方靠攏，只為品嘗一滴從他們進入陰界以來，可能是最好喝的一抹泡泡。

而在這數以萬計陰魂的核心之處，仍有四組人馬各佔品酒的大位，這四組人馬分別是海幫幫主龍池與副幫主鳳閣，現今三大幫派之一紅樓姚字門之首天姚與天馬，政府軍部南軍之正獨飲，以及南軍之副小聽。

最後，是星格地位最尊崇，居於人潮正中心，病入膏肓的道幫之主，天缺老人。

這四組人佔據了最好的位置，他們的實力最強，經過最多的陰界歷練，也品嘗過最多的歌曲之酒……

不過，就算他們喝過千萬杯各類音符美酒，此刻的他們，也依然如小孩般睜大著眼，輕舔著嘴唇，滿心期待著即將降臨的一切。

然後，來了。

寬闊的舞台，明亮刺眼的燈光下，從仰頭高歌的阿皮口中，彷彿來自靈魂的深處，宛如森林泉水般不斷湧出的歌聲，就像一隻又一隻形態酷似松鼠的泡泡，歡快地往四面八方，華麗且精采，香醇且濃郁地在會場中四處跳躍起來。

「來了！」陰魂們爆出震動天地的歡呼，數萬隻手拚命往前伸去，想要早一點拿到那抹濃醇到令他們永難忘懷的極致美味……

「唱了！」在陽世，原本騷動的人群，突然安靜下來了。

因為電視裡，手機上，阿皮雙手緊握著麥克風，引吭高歌了。

松鼠。

這一剎那，人們安靜，是因為突然發現，自己竟坐在一大片芳草如茵的草地上，頭頂是遮天的大樹，茂密的樹葉間，金色陽光片片灑落，微涼的空氣透著陽光的暖度，是非常舒服的天氣喔。

在這天氣之下，一個小小身影，在光影間跳躍，跳著跳著，牠來到了你上方。於是，你抬頭，對這小小身影，微微一笑。

小小身影不怕人，輕盈地在樹間縱跳，擺動牠蓬鬆的尾巴，朝著你而來。

你將手托高，手心裡是一小塊剝好的純麥麵包，小身影跳到你的手邊，歪著頭，湊上鼻子嗅了嗅，似乎在想這是什麼樣的食物？

而你，只是靜靜托著手，沒有任何多餘的動作，你了解森林的法則與節奏，等待，是彼此之間最安全的探問。

然後小小身影低下頭，輕輕地咬住你手上的麵包，牠吃了？

小小身影捧著麵包，鼓鼓的兩頰震動，牠專注且可愛地吃了起來。

你看著牠，直到牠吃完麵包，然後，牠跳上了樹，跳了兩步之後，牠突然回頭，看著你。

你與小身影眼神交會。

這一秒鐘，你燦爛地笑了，你不自覺地邁開腳步，追上了小身影的動作。

小身影在樹林間跑著，而你在樹下奔馳著，一開始你有些喘，有些力不從心，因為久坐辦公室的你忘記了奔跑，忘記躍動的快樂。

但當你愈是跑，便發現雙腳愈是輕盈，雙手擺動愈是自然，你的雙手甚至輕易就抓住了樹枝，如那小小身影般，躍上了枝幹。

在煦煦陽光下，在微涼的風裡，你放聲大笑。

像個在大自然中長大，又終於回到大自然懷抱的孩子，你的笑聲傳遍了樹林，傳遍了整座山和整片蔚藍的天空。

而當你大笑時，你發現，那小小身影，不知何時，已經站在你的肩膀上。

你側過頭，看清了這小小身影的模樣，牠，是一隻松鼠。

一隻帶你回家，回到大自然的松鼠。

這首歌的名字，就叫〈松鼠〉。

「好想去山裡走走喔。」

「好想動一動身體喔。」

「好想大聲唱歌喔。」

「剛剛主管對我臭罵一頓的鬱卒，好像一點都不重要了。」

「藍色星期一好像都不藍色了。」

「聽完之後，連小孩的吵鬧尖叫都覺得好舒服。」

「這首〈松鼠〉好好聽，如果出專輯，我一定買！」

「我要把它存在手機裡，很累的時候聽一下，肯定超放鬆。」

「好想再聽一遍！好好聽！超級好聽的啊！」

陽世的人們閉著眼，彷彿回到最初之地，在森林與陽光中，如孩童般忘情奔跑，而陪伴自己的，就是那小小身影，松鼠。

這一刻，人們不再為生活而苦，不再擔憂明天，而是純淨地，只為此刻的生命而喜悅。

這就是〈松鼠〉，這就是阿皮的歌。

當陽世的聽眾無法控制地爆出歡呼時，陰界的子民呢？

陰界的子民呢？

他們，正準備喝酒。

而且還沒喝入口，就已經目瞪口呆。

為何用目瞪口呆四個字呢？因為他們從來沒有看過這樣的泡泡，這麼輕巧美麗，像是沐浴過陽光的金色酒泡。

原本陰界暗沉的天空，都因為這金色的酒泡，亮得如同晨曦破曉。

「金色的酒泡耶……」海幫幫主龍池仰著頭，喉嚨顫動，吞嚥著唾液，「一定很過癮。」

「的確很特別。」海幫副幫主鳳闍，同時也是龍池之妻，露出淡淡笑容，「金色陽光酒泡，真的很少見。」

「哈哈哈，爽快啊，老子一定要搶到第一顆！」政府軍的強者獨飲發出威震全場的狂笑，「老子喝定啦！」

「根據史冊記載，曾經出現過不少奇特的美酒泡泡，有體積如隕石，也有重如鐵塊。像金色陽光的也不是沒有，那是三十年前美國一個孩童，叫作麥可．傑克森，第一次公開演唱時出現的，而且那孩童的金色美酒泡泡，體積還和一輛汽車一般大。」鉅細靡遺描述著美酒泡泡歷史的，是跟在獨飲身旁的南軍之副，小聽，「阿皮的美酒泡泡也許無法和麥可・傑克森相匹敵，但也足見他的潛力十足。」

「哼，剛剛那是誰，說要搶到第一顆泡泡？說得這麼囂張？」這時開口說話的，是紅樓姚字門之主，天姚，「第一顆美酒泡泡累積了歌手所有情緒，可以說是精華中的精華，肯定最為美味，是吧？天馬，你也是這樣想的吧。」

天馬，這個被天姚點名的男子，留著一頭瀟灑帥氣的長髮，體型微瘦，寡言的他，只是點頭，抬頭凝視著那為數眾多且佔據天空光線的美酒泡泡。

沉默但銳利的目光，已經無聲鎖定了天姚所說，最精采的一顆美酒泡泡。

除海幫、政府以及紅樓之外，在上萬陰魂中，後台最硬，實力最強的，其實是一位看似病入膏肓的老人。

天缺，十四主星之一，現任道幫幫主。

他蒼老的目光，凝視著天空的酒泡，深沉到讓人無法預料他在想什麼。

他也許不言語，但他身邊卻始終跟著一個善體人意的老臣，丙級星貫索。

「主人，你是不是在想……」貫索語氣低沉，「這美酒泡泡，還真是十年難得一見？」

天缺的眼神微微收斂，一抹光芒閃過。

「你也想嚐嚐第一顆？沒問題。」貫索一笑，「我馬上替您拿下來。」

天缺的眼神在此刻有了變化。

貫索原本蓄勢待發的動作微微停住，臉上微微露出詫異，「您是說，還有更值得期待的？」

隨即，貫索的目光，轉向舞台的另一端，那裡，下一個參賽者正安靜等待著。長髮，溫順，看上去無害的一個年輕女孩，正面帶緊張地站著。

天缺的眼角在此刻，微微瞇起。

「哎啊，她叫作小靜。」貫索看到天缺的眼神，先是詫異，然後也笑了，「沒想到您這麼看好她啊，您說這阿皮的酒，十年難得一見，但這女孩的酒，恐怕是……三十年難得一見啊。」

這些對話，只維持短短數十秒，隨即，就被一股歡呼的人群聲浪給徹底淹沒！

因為第一個陰魂，已經忍受不了，他高高躍起，腳踏前面一個陰魂的天靈蓋，雙手胡亂張到最大，就要撲向眼前巨大美酒泡泡。

「我要喝！給老子喝！」那陰魂張大了滿是黃牙的嘴，發出飢渴的狂吼，「我『火雲邪神』渴了啊。」

但就在他撲到泡泡以前，又一隻腳踩過了他的頭，跳得比他更高，顯然道行又再高上了一截。

「想喝？練點舞空術再來吧！滴答滴答！」這次的陰魂一身精練肌肉，臉上戴著一個時鐘面具，時針正亢奮指著十二點，肯定是個練家子，「第一口，就讓我『時鐘假面』來鑑定鑑定，再來告訴大家好不好喝吧。」

就在時鐘假面的指尖要碰到美酒泡泡的同時，他感到頭顱一沉，脖子一瘦，顯然也被另外一個陰魂踩中了天靈蓋。

「時鐘假面？我還夢幻假面勒？」一個人影，躍得更高，速度更快，有如蒼鷹飛鳥，「第一口，當然是我『愛睏戰神』的，我的絕招，打呼、流口水、作惡夢，還有無定夢遊，這些招數一旦出來，舞空術只是個屁。」

說完，這愛睏戰神張大了嘴，舌頭往前伸到極致，不過，就在舌尖距離美酒泡泡只有一公分時……

一個聲音，宛如旱地巨雷。

「火雲邪神？時鐘假面？愛睏戰神？你們這些妖魔小丑，敢在老子面前班門弄斧啊！」這聲音粗啞雄壯，光聽聲音就讓人耳膜震動不止，「第一口，當然是老子獨飲的啊！」

說完，一片威勢萬千的刀光。

從獨飲手中的那柄「青龍偃月刀」中揮了出來。

「靠。」刀光經過火雲邪神，他滿口黃牙罵一聲髒話，就這樣矮身躲過，「這刀不好惹啊。」

「甲級星獨飲？」刀光切過時鐘假面，他左閃而過，「你要搶這第一口，早說啊。」

「黑幫十傑獨飲？」刀光經過愛睏戰神，他邊打哈欠邊驚險閃過，「名氣太大，讓你讓你。」

這一刀過去，這些各方的小妖小怪頓時退散，狂笑聲中，獨飲寬大的右手，已經抓住了這第一團美酒泡泡，一個仰頭，就要塞入嘴中大快朵頤。

但也就在此刻，他聽到背後傳來熟悉的女子聲音，那是向來以分析調查，並冷眼旁觀一切的小聽，淡淡地說。

「獨飲老大，別太自負，這場子裡，最不缺的，就是高手！」

這場子，最不缺的，就是高手？

獨飲看到了一條龍，朝他張牙舞爪而來。

「龍拳，多年前流傳於陰界的一套拳法『四獸拳』，分別是『龍、虎、猴、豚』，是能與十四主星絕技抗衡的地下絕招，可惜多年前四大傳人因為不和而分崩離析，四獸拳合一成為絕響，四獸究竟誰最強，也終究沒有得到答案。」小聽說，「欸，老大，小心點，你遇到的是四獸拳中攻守最平衡的——龍拳！」

「龍拳？攻防速最均衡？放屁！」獨飲冷笑一聲，左手抬起，手上所握的青龍偃月刀，就要橫劈而去，「看我一刀把你切成生魚片！啊，不，是生龍片！」

不過，獨飲的刀沒有揮出去，他發現他的左手竟被一股溫柔的陰勁纏住，他訝異低頭，只見一隻全身七彩的小猴，端坐於他的左腕上。

這裡怎麼會有小猴？不對，這是拳法？誰的拳法是一隻小猴？

「是的，老大，這是拳法沒錯。」小聽的聲音再次傳來，「四獸拳中的『猴拳』，猴拳在四獸拳中速度最快，老大你要擺脫這個技，揮動青龍偃月刀，應該完全沒辦法喔，只是有點令人吃驚，猴拳的傳人，竟然也在這裡……海幫鳳閣？」

「速度最快的猴拳嗎？」獨飲依然大笑，「四獸拳來其二，真是失敬了，不過，你們以為讓我沒有辦法揮刀，就結束了嗎？」

只見獨飲左手的刀揮不出去，右手又抓著美酒泡泡，面對從天而降的龍拳，他不急反笑，胸膛一挺，一陣鋒利的氣息爆發而出，瞬間成形的刀氣，直接從胸膛射出。

「我全身上下，都可以發出刀氣啊！」

刀氣出現得如此匪夷所思，頓時讓龍池和鳳閣有些吃驚，急旋而退，避免正面碰觸獨飲這狂暴的刀氣。

而這一退，立刻讓獨飲緩出了時間，他嘴巴大張，就要將這一口美酒，吸入嘴中。

但他的嘴還沒來得及吸入半口酒，一股凜冽的拳氣，突然由上而下，帶著虎嘯之聲，俯衝而來！

拳還沒到，獨飲就感到頭髮亂舞，臉上皮膚顫動，足見此拳勁道的狂猛，足以摧山裂地，有如猛虎下山。

「吼，這又是誰？」凌亂的頭髮中，獨飲猛一抬頭。

「虎拳，」小聽的聲音再次傳出，「出拳者應該是紅樓天姚，四獸拳中的虎拳，攻擊力最強，正確來說，是根本放棄了防禦與速度，將一切都投入攻擊的一種瘋狂拳勢，老大，這拳可不能不防啊。」

「防？防個屁！」獨飲仰頭，胸膛再次往前一挺，刀氣射向虎拳。

乓的一聲，刀氣與虎拳僵持短短的零點一秒，刀氣竟應聲破碎，虎拳餘勢未消，轟中獨飲胸膛。

四獸拳中最狂霸的虎拳果然不同凡響！就算被刀氣抵消了大半道行，仍打得獨飲身體往後橫飛，也是這一飛，獨飲手上的美酒泡泡終於脫手了。

這阿皮所唱，第一顆美酒泡泡，就這樣脫手而出，閃耀著燦爛的金光，在空中飛滾著。

「老大，就說你要防吧？」小聽的聲音，再次傳來。

「還是那句老話，防個屁啊！」獨飲一吼，雙腳同時出現刀氣，刀氣有如飛行滑板，讓獨飲頓住了後退的氣勢，往後一蹬，再次竄到這顆美酒泡泡之前。

同時，也是虎拳之主，天姚之前。

「好快。」天姚對於獨飲的快速回歸，眼中閃過一絲詫異，但身體已經比她思考的速度更快，揮拳了。

猛虎，再次從黑暗虎穴中咆哮而出。

但這一次，獨飲沒有給她機會，他右腳往前一踩，腳底閃爍刀氣亮光，直接劈向天姚的虎拳，天姚的虎拳極度強悍，再度轟擊獨飲腳上刀氣。

轟然一聲，天姚與獨飲同時後退，只是這一次，獨飲蓄力已足，手上狂捲的是道道地地的甲級天鉞星的道行，這拳轟下去，天姚頓時被往下撞去，直線往地面墜落。

天姚沒受傷，因為她被夥伴天馬，以舉重若輕的姿態，輕輕接住。

天姚墜落，而獨飲呢?則帶著他剛剛抓回來的那枚巨大美酒泡泡，往更高的地方飛彈。

「就說，這美酒泡泡，是老子的了。」獨飲高高地飛著，右手往嘴裡塞去。

然後，他耳中又聽到小聽清脆的聲音。

「老大，這第一口美酒，好像還有一個競爭者。」小聽的語氣依然平靜，但這份平靜中，卻帶著一股幸災樂禍的興奮，「而且，這個競爭者肯定是最麻煩的呦。」

「喔？」獨飲的動作停了，因為他已經看到了這位競爭者。

此人身穿墨藍色的中山裝，身材微微矮胖，五官不帶任何表情，全身散發一種堅毅的氣質。

頑石。

獨飲看到這個人，腦海裡頓時浮現了兩個字。

而耳中則又繼續聽到小聽的聲音，「這次來的，可是百年來對道幫之主天缺忠心耿耿的低調好手……貫索呦。」

「貫索……」獨飲看著貫索，他與自己同在空中，但貫索沒有出手，只是看著獨飲。

兩人就這樣，互相對望，直到兩人停止往上飛行，反而順著大地的重力，開始下降。

貫索沒有出手，而獨飲也沒有喝下酒。

獨飲沒有喝酒，是因為知道自己只要張嘴，眼前這忠誠且低調的高手，就會出手。

貫索沒有出手，是因為他知道獨飲唯一會露出破綻的時候，就是喝酒之時，這驚世美酒一入肚，管你是何等星級，都會全身浸浴在美酒的能量中，變得脆弱可擊。

幸好，貫索知道自己一向善於等待，一如安靜侍奉了巨門星天缺，一等就是百年歲月的毅力。

雙方不斷墜下，這份安靜，竟讓現場萬名陰魂都忘記了追逐那滿天飛舞的巨大酒泡，甚至忘記了舞台上，那奮力狂歌的阿皮。

獨飲，打算怎麼做？貫索，又打算怎麼做？真正讓人擔心且無法預料的，則是貫索背後的那位重病老人，天缺。他，又打算怎麼做？

兩人還在下降……

下降……

就在他們雙腳即將碰觸地面的瞬間，獨飲忽然一個旋身，他有動作了。

不過，他卻沒有喝下這酒泡，而貫索更沒有阻止他，因為獨飲的這個旋身，讓自己宛如一顆無重力的陀螺，飛了數百公尺，來到「他」的面前。

「他」，竟是道幫之主，巨門星，天缺。

獨飲雙腳穩穩落地，高挺的他，右手往前一送，就將這第一顆美酒泡泡，獻給了眼前已經病到無法動彈的天缺老人面前。

獨飲沒有說話，但這份沉靜，卻令人充滿了敬意。

「天缺老人。」終於，獨飲開口了，「小輩我還記得數十年前黑幫與政府大混戰時，您老的英姿，這第一口酒，該是您喝。」

獨飲不喝，卻將這酒獻給了天缺？

而天缺老人呢？他看著獨飲，死寂的眼神，彷彿有了淡淡的光。

下一刻，貫索已經來到身旁，接過了這顆美酒，遞到了天缺老人的嘴邊。

而天缺老人閉上了眼，用他幾乎不能動的嘴唇，緩緩地吸取這第一顆美酒泡泡的精華……

這一刻，上萬名陰魂都注視著這裡，他們有的認同獨飲的敬老尊賢，有的困惑於為何獨飲明明已經擊退海幫與紅樓，卻還乖乖將第一口美酒，獻給這個病入膏肓的老頭？有的則猛吞口水，因為第一顆美酒，看起來竟是如此美味……

當第一顆美酒慢慢變小，直到消失在天缺的唇邊，原本蒼老滲黑的臉，隱隱浮現了紅氣。

這份紅，隱隱約約，帶著酒後的微醺，以及一點點許久未見的元氣。

當獨飲奉上了酒，耳中又是小聽的聲音。

「老大，我佩服你的割愛，不過小心咱們現在的老闆政府六王魂不開心喔。」小聽說，「你把酒給了天缺老人，難道不知道這一滴酒不只能量充沛，還帶著強大生命力，只怕能喚醒天缺老人啊。」

「怕？」獨飲咧嘴笑，「還是老話一句，防個屁啊。」

「嘿，不愧是我老大。」小聽不再說話，同時間，貫索舉高了雙手，對著上萬名陰魂，發出低沉但卻震動全場的聲音。

「幫主說：『這是好酒。真是好酒，各位陰界朋友，大家一起暢飲吧！』」

在這句「一起暢飲」說完的瞬間，所有的陰魂發出了驚天動地的歡呼，其歡呼聲之巨，連陽世都能感受到，整個城市的人在此刻稍稍暈眩了一下，甚至有不少人問起旁邊的同伴，「欸，剛剛是不是有地震？你感覺到了嗎？」

在陰界瘋狂的歡呼聲中，所有的陰魂已然躍起，這一次，沒有強者爭奪最美味的第一口美酒，只有屬於每個人，盡情暢飲醇酒的美好瞬間。

有的金色美酒泡泡很大，七、八個弱小陰魂同時用嘴巴吸住，然後嘩啦幾聲，十幾秒鐘後就消化掉了這泡泡。

也有陰魂獨自一人用力擁抱住美酒泡泡，大口狂吸，吸完之後，他的臉呈現桃紅，打了一個極為響亮且滿足的飽嗝，飽嗝不臭，反而噴灑出金粉般的光芒。

當然也有地位較高的陰魂，一人獨攬十幾顆美酒泡泡，左擁右抱有如美女伺候，然後左一口，右一口，頓時將身邊美酒飲盡，當他喝完，只見他不只臉紅了，全身上下都呈現繽紛的紅色，然後發出數十年來不曾有過的大笑聲。

「好喝，這首〈松鼠〉，怎麼這麼好喝啊！」他大笑著，「老子，老子好像回到了森林中，好舒服，好爽快啊。」

不長不短的五分鐘歌曲時間，阿皮的〈松鼠〉所創造出源源不絕的金色美酒泡泡，像是天空中延伸的金色曙光之橋，讓上萬名陰魂喝飽喝滿，喝到躺在地上，不斷開懷大笑，感謝世間將他們生來陰界。

這狀況，不只發生在陰界，甚至發生在陽世！

每一個站在電視前，每一個握著手機，每一個注視著螢幕，每一個雙耳掛著耳機的觀眾和聽眾，都在歌曲接近尾聲時，露出笑容。

那是純真如孩童的笑，那是在森林中與松鼠共同奔跑後，暢快淋漓的笑容，笑容之後，更是無法自拔地用力鼓掌！

「好聽！」聽眾忘情嚷著，「好好聽！」

「這場對決，贏家非你莫屬了啦！」

「剛剛聽的時候，我好像去森林裡和松鼠跑了一圈，啊，你也是嗎？這麼巧？」

「真是好聽，好聽到都要忘記下一個對手是誰了？是誰啊？」

「對，好像還有下一個歌手的樣子，好像是什麼，小……小青，啊，不是，是小爭嗎？」

「什麼小青？小爭？你以為在演白蛇傳喔，是小靜！」

「哈哈，原來是小靜喔，只是聽過〈松鼠〉，今晚就很滿足了，小靜的歌，你還要聽嗎?我們等一下不是還要去逛夜市?』

「順便聽一下好了,電視先別關,我去拿外套。」

「好,等你拿外套,沒聽完就算了,反正也不可能贏過〈松鼠〉了,這〈松鼠〉真是好聽!肯定是我今年聽過最好聽的一次現場演唱!」

阿皮的〈松鼠〉唱完,就在螢幕前數十萬的聽眾心滿意足,一邊回味著剛剛歌曲的餘韻,一邊收拾心情準備離開的時候,另一個參賽者,正在舞台上,緩緩地,用她纖細的五根指頭,握住了冰冷的麥克風。

接著,她聲帶輕振,讓聲波有如一條涓涓細流,流到鼻腔與其共鳴,然後滑落舌尖,在舌尖一頂,順著她已然張開的雙唇,躍出了第一枚音符,音符叮咚落到她面前那直立的麥克風上。

麥克風網格狀的銀灰色表面,吸收了這個音符,然後透過電子儀器震動,這音符開始旋轉擴大……

不斷不斷擴大,擴成千萬倍的能量,來到了舞台人群面前。

這些人耳膜微微一震,然後猛然抬起頭,注視前方!

同時間,這音符透過現場收音,送入電視、網路、各式各樣的媒介,來到那些正在拿外套,正打算按下電視開關,正準備離開的人們耳膜中……

當耳膜震動的同時，他們都同時做了一件事，猛然抬頭，然後轉向音符的發源地！

音符發源地，是她。

她，就是小靜。

這首歌，叫作〈夜雪〉。

然後，所有聽眾都明白了一件事，這一晚，會很特別，無論是陽世子民或是陰界魂魄，都意識到了這件事。

今晚，這個世界將會發生驚人改變，就從〈夜雪〉這首歌，開始。

第四章・〈夜雪〉降臨

就在〈夜雪〉被唱起的同時，陰界某些角落，也有了奇妙的反應。

例如，那深藏在地底，貓群耗盡全力才逼退的S級陰獸，微生鼠，只見牠忽然睜開牠細長的雙眼，眼中透著凜冽的光芒。

吱吱兩聲。

這兩聲，表達的究竟是驚訝？疑惑？還是……嗜血的喜悅？

對即將降臨的腥風血雨的，喜悅！

除微生鼠之外，同樣對這音符有感應的，還有另一隻陰獸。

在深海中，一團被群魚圍繞，宛如海中帝王的生物也睜開了眼睛。

發出了一聲低鳴，低鳴乍聽之下並不響亮，卻在這片深海中遠遠傳了出去，引起海中陰獸仰頭瞻望。

牠，正是三百年來不曾被陰魂們看過的十二大S級陰獸之一，海之王子，海之駿。

大海的這聲長鳴，傳到了地底，地底回贈了一聲同樣震盪心魄的低吼。

這低吼，既長且久，有如牛鳴。

發聲者，同樣是百年未曾被人目睹的陰獸，地王地牛。

地牛的牛鳴，沿著大地不斷往前傳遞，穿過了寬闊的田野，甚至傳上了高原山脈，在一大片白雪皚皚的山頂上，被一個新的吼聲所接替。

這吼聲再高一些，再尖一些，但同樣讓萬物俯首，對聲音的主人露出崇敬之態。

冰雪中，那聲音之主，又是什麼模樣呢？

長長的耳朵，雪白的身子，深邃明亮如紅寶石的雙眼，牠，是冰妃雪兔。

雪兔的聲音，讓雪地的陰獸感到敬畏，不只陰界，連陽世正在攀登高峰的人們，也都仰起頭，對於自己內心莫名湧現的一股畏懼，感到困惑。

「是的，這就是山。」長年攀登高峰的領隊如此說，「如此變化莫測，並讓人打從心底感到敬畏。」

冰妃的聲音，從白雪中傳出，帶著強者氣息，又繼續遞延下去，這一次，聲音來到了與冰天雪地相反的世界，是火燙到散布著枯骨的沙漠……

沙漠中央，一聲羊嘯，帶著狂霸之氣，將兔啼直接橫刀截斷！

伴隨著羊嘯，一隻巨羊身影，緩緩從一望無際的沙漠中現身，牠是火熱大地的統治者，火君炎羊。

火君炎羊昂起頭，在一團吞噬天地的惡火之中，牠再次長嘯，嘯聲威猛如火，遠遠地繼續傳遞了下去。

羊嘯之聲從大地往外擴散、傳遞，這一次，竟然進入一片銀亮的月光中，被一聲低沉的嘶嘶聲所吞噬，然後火燙的羊嘯聲，頓時消失無形。

低沉的嘶嘶聲，來自一個透明的長影子。

長影子形態優雅，每次挪移都充滿一股奇異魅力，牠是棲息在月光下的S級陰獸，月后隱蝮。

月后隱蝮的嘶嘶聲阻斷了羊嘯，又重新旅行，繼續往更遠處傳遞過去。

阻斷嘶嘶聲的，是豬吼聲。

獨特的鼻腔共鳴，這是專屬於豬這種生物的鳴聲，這樣的共鳴聲，若是在尋常的豬舍柵欄內，只會覺得有些吵雜趣味，但如果是被放大了萬倍，那就會成了讓人全身骨頭都酥化的戰慄之音。

如今，這個豬吼，就是這樣恐怖。

豬吼震得大地變色，而變色之後卻讓人感到一陣飢餓與虛無，像是墜入無邊無際黑洞般的飢餓與虛無……

而且，受影響的不只是陰界而已，連陽世都因為這吼聲而產生了奇異的變化，那就是人們晚餐多吃了半碗飯，下午茶蛋糕多賣了一份，原本半糖的飲料被換上了全糖，影響還不只如此，因為過了幾天之後，健身房的名額又會因此而爆滿一次……

豬吼的主子，當然是十二陰獸中的餓王，饕餮。

餓王饕餮的豬吼聲在寬闊的陰界快速擴散，又會被誰阻攔？出手阻攔的，是一個嘎嘎聲。

嘎嘎聲來自樹枝葉片之間。

只是一聲嘎嘎，卻讓整個陰界，千億株的樹同時擺動它們的枝幹，彷彿枝幹之內，都有著一個調皮的長尾身影。

那專屬於樹林光影間的身影。

猴子。

而這足以攔阻餓王饕餮吼聲的十二陰獸，就是悟空猴王。

牠睜開一雙透著火焰的金睛，露出無法分辨是興奮、憤怒、狂妄還是什麼的笑容。

然後，猴吼聲，又繼續傳遞了下去。

嘎嘎聲藉由樹林擺動傳遞，瞬間就傳遍了陰界與陽世的大小叢林，而這些叢林之聲，卻在一個地方被阻斷了。

阻斷處，是一個終日吹著狂風的高塔建築物。

高塔上，一聲長長的犬嗥，伴隨著來自高空中凜冽的巨大狂風，斷去了屬於悟空的嘎嘎聲。

而且不止於此，這風還繼續吹著，有如尼加拉瀑布等級的風瀑，由上而下，席捲整座城市。

城市中的陰界魂魄，有的被吹上了牆，吹掛上了電線桿，吹落了水中，變成了落水鬼。

而陽世的人們呢？他們突然發現自己抓不住滿手的紙，啪嗒啪嗒密密麻麻的紙聲之後，飛散到整片天空，除此之外，更發現他們的帽子被風吹上了天空，愈飛愈遠，直到被另外一個女孩撿起。

這也許是一場邂逅，也許只是一聲溫和的謝謝，而一切都來自於這一陣風。

風的源頭，則是這佇立在高塔上，睥睨眾生的狂者陰獸。

牠，是嘯風犬。

風吹著，帶著嘯風犬的犬嗥之音，在大地蜿蜒前進著，直到它遇到了攔阻者。

這次的攔阻者，來自於天空中，那是有如遠古風與雲，水與火，天與地共同吟唱的聲音。

像是一滴水珠，從天空中穿過雲層，穿過大氣，落到地上，滋潤了土壤，而土壤微微隆起，一株彎腰低頭的嫩芽，就此生長。

這一切萬物初生時，所發出的吟唱聲。

很低柔，也很震撼，無法被明確述說的一種聲音，唯一能被人們流傳與記載的，是在天空中那一閃而過的，長長影子。

有著鹿角、魚鱗、獸爪，美麗卻又霸氣的那長影，消失在天際之間。

於是，後人給了這天際間的神秘聲音一個名字，叫作龍。

生命的聲音，接下了這〈夜雪〉的歌聲，在穿越高山與海洋之後，突然寂靜了下來。是因為，一團無光的黑暗，將它完全吞噬。

這片「黑暗」像是有生命的，是當太陽落下，時間進入深夜，月光被雲層掩蓋，大地陷入伸手不見五指之時……

這片黑暗，就算什麼都看不到，你還是可以感覺到……有什麼東西在裡面，緩緩地，呼吸著。

強大、混濁、暴力、尊貴，某種張嘴會露出獠牙的粗暴生物，正在這片黑暗中，靜靜地蟄伏著。

就是牠的聲音，打斷了生命之音，就是牠所統領的黑暗，宰制著這最後的聲音。

而這片黑暗的存在之地，是聽歌的人們聚集之處，是陰魂暢飲美酒之地，更是包括巨門星天缺、甲級天鉞星獨飲、紅樓天姚、海幫龍池與鳳閣等人聚集之所！

而阻攔生命的那虛無黑暗之音，是如此發聲的……

低柔，綿長，專屬黑暗的一聲。

——「喵」。

鼠音、馬嘯、牛吼、兔鳴、羊啼、蛇嘶、豬吼、猴嘎、狗嘯，龍吟，以及最後的一聲喵……

咦？怎麼數都只有十一隻？

傳說中的陰獸不是有十二隻嗎？究竟少了誰？

究竟，少了誰？

陽世。

小靜雙手緊緊握著麥克風，深深地閉著眼，任憑歌聲，從聲帶，從記憶，從靈魂深處，一字一字地唱出來。

這一刹那，她的確忘記了滿座的聽眾，忘記了剛剛阿皮精采的〈松鼠〉演唱，忘記了一路照顧她的蓉蓉，忘記了她曾擁有的一切，擔憂的一切，夢想中的一切，現在的她，彷彿獨自端坐在城市中某座老舊高樓的小房間內。

房間很小，四周的照片，照片上的自己縱然笑得燦爛，卻沒辦法讓她此刻開心起來，因為她失戀了，帶著滿滿的思念，藏身在城市的小小角落中，城市很熱鬧，燈火很通明，但卻沒有一點可以讓她容身的角落。

悲傷與思念，思念與悲傷。

寂寞與孤單，孤單，以及寂寞。

她想哭，卻流不出眼淚，只剩下那一直深植在內心深處，快要將她完全吞噬的，黑暗。

黑暗中，卻有什麼正一絲絲飄落下來了。

晶瑩的、碧藍的、優雅的，在窗外一絲一絲地落下了。

好美。

好美。

關於自己的人生，是不是就要在此刻結束，結束在這個最美的瞬間呢？

當〈夜雪〉唱起的時刻，那些正走向衣架，準備拿外套要去夜市的人，動作都變慢了。

不若松鼠開唱時，所有人像是被雷打到一樣，因為驚豔於阿皮的歌曲與歌聲，而直接停下自己的動作。

此時小靜的〈夜雪〉既柔又緩，一個音符一個音符，像是黑夜裡天空降下的細雪，慢慢滲入聽眾的心靈。

拿外套的人動作慢了，像是被歌曲牽引著，手裡抓著外套，又坐到了電視機前，歪著頭，繼續聽歌……

而原本電腦螢幕前觀看線上直播的人，正要打開購物網頁的手指，也因為歌曲的旋律而變得緩慢，最後，購物網頁沒開，頁面繼續停在直播畫面，聽起了小靜的歌。

最多的，是用手機開直播聆聽的人們，他們耳中還掛著耳機，小靜的〈夜雪〉，絲絲滲入了他們的心中，急邁的腳步減慢了，愈來愈慢……最後，停了下來。

這一分這一秒，這城市每個角落，都響起了小靜〈夜雪〉悲傷而脆弱的歌聲。

剛剛被阿皮〈松鼠〉灌滿的陽光，滿滿的熱力，像是被一大片藍色冰雲籠罩，進入了微寒的冬夜。

冬夜的陰影下，這座城市甚至停止了運作。

等紅燈的汽車，就算燈號已變，也忘記踩下油門往前衝刺，因為車子裡的廣播，正唱著〈夜雪〉。

而他們後面的卡車，也罕見的沒有按下喇叭，因為他們的車上，也盤旋著完全一樣的旋律。

熱鬧翻騰的夜市中，熱炒攤攬客的小販們，停下了手中的鏟子，停止奔跑式的端菜，微微抬起頭，聆聽著老舊收音機裡傳來的〈夜雪〉。

跳舞的人們，熱情呼喊的人們，即將踏出家門旅行的人們，等待公車的人們，所有陽世的人們，所有剛剛因為阿皮的〈松鼠〉而活力滿滿的人們，此刻都安靜下來了。

〈夜雪〉。

深藍夜空中，飄下絲絲的晶亮細雪，美，美到讓人心碎。

然後，每個人心中都浮現同一個念頭……

這麼悲傷，何不在這麼美麗的此刻，結束自己這個耗盡全力也無法前進半分的生命？

就在陽世的城市，因為〈夜雪〉而沉緩下來，進入恍惚之時……陰界，也產生了從未發生過的變化。

原本佔領了整片天空，映著燦爛金色陽光的〈松鼠〉美酒泡泡，被一陣吹著水氣與酒氣的風吹散了，吹到了不知名的遠方。

取而代之的，是沉重且充滿力量的一片深黑色夜空，緩緩遮蓋了陽光。

「天黑了？」陰魂們抬起頭，神情有些詫異，「咦，不太像……」

他們沒有繼續追究天空怎麼變黑？一首歌又是如何主宰陰界地區的天氣，又或者只是陰魂們的感官錯覺，因為，他們的腳底，傳來了一陣沁涼。

沁涼，是因為地上有了微波蕩漾的水。

不，這不是水，從緩緩冒出的氣味來判斷，這是酒！

歌之酒！

是在前方的舞台上，那雙手握著麥克風，輕閉著眼，嘴唇輕啟的女孩小靜，所吟唱而出的歌之酒，而這首歌，就叫作〈夜雪〉！

「喔……」剛剛才痛快暢飲過〈松鼠〉的陰魂們，對這在地面蕩漾的歌之酒，反應並沒有太大，但由於酒體很特別，不是飄浮的泡泡，而是更純粹的液體，他們還是俯身，用雙手舀起了酒，飲了一口。

「嗯，口味淡了點，但還算好喝。」低下身子，喝第一口的陰魂，就是火雲邪神，他露出黃牙，如此說著。

「滴答滴答，剛剛的〈海風〉味道還重一點，滴答滴答，這首〈夜雪〉有點平淡啊。」另一個陰魂接口，他的臉上戴著一個時鐘面具，面具上秒針、分針、時針還是一秒不差地走著……

「呵。」第三個陰魂也喝了一口，邊喝還邊打了一個大哈欠，「喝這樣的酒，會讓我這個愛睏戰神，更愛睏啊。」

不過就在三人嘴裡唸唸有詞之時，他們的手卻完全沒有停下，一隻手捧起了歌之酒喝完之後，另一隻手又撈起地面的酒水，又是一口。

「真是太淡了，」火雲邪神的第二口，評價依然相同，但他的手可沒停，忙不迭地舀起了第三口。

「滴答滴答，稍平。」時鐘假面的第二口，也沒打算改變其評價，但第二口才喝完，第三口已經吞入了嘴巴，「還要再改善一下，滴答滴答。」

「呵，真的會睡著啦。」愛睏戰神又是一個大哈欠，但就在連續不斷的哈欠空檔中，他也是一口一口把美酒塞到嘴裡，「呵。」

整個會場上，此起彼落的都是這樣的低語，喝起來不錯，但沒有剛剛那首〈松鼠〉

好喝……，弔詭的是，啜飲美酒的聲音卻不曾停止。

一直沒有，停過。

一口，接著一口。

一邊低語，一邊批判，一邊打哈欠，卻一口也沒有停過。

愈是喝，愈是無法停。

甚至連天空的顏色已經改變，溫度已經下降，自己的雙眼已經悄悄泛起了紅絲，都沒有發現……

「酒的水位愈來愈高了。」火雲邪神咂了咂舌，他已經不再用雙手捧酒了，因為酒的高度已經來到了小腿，他乾脆蹲下來，直接用嘴巴吸著濃郁的歌曲之酒。

「味道也稍微不同了，變濃了些，滴答滴答。」時鐘假面臉上的分針滴答滴答地走著，走的速度似乎變快了一些，「不過，怎麼感覺愈喝愈冷？」

「愈喝愈冷？你傻了嗎？分明是愈來愈熱！」愛睏戰神的哈欠，已經沒有這麼慵懶了，反而帶有那麼一點刻意，「呵，熱得讓我想脫上衣！好好地給他睡上一覺啦！」

「是熱嗎？不對！是冷嗎？好像也怪怪的。」火雲邪神歪著頭，「正確來說，是酒的溫度愈來愈低，愈來愈冷冽，但咱們的身體卻好像愈來愈熱咧。」

「酒愈來愈冷，身體愈來愈熱？好像真的是這麼回事！但到底怎麼搞的呢？滴答滴答。」時鐘假面的時針和分針微微扭動，看起來像是一對眉毛皺了起來，「而且水位又更高一些了，滴答，是嗎？」

「更高了，高到我不能躺著喝酒了，」愛睏戰神坐了起來，事實上，等他坐起，不斷蕩漾的酒，水位已經高到了他的胸口了，「這首歌，應該已經唱到了後半段了吧？」

這首歌，唱到哪了呢？

舞台上，那個雙手緊緊握著麥克風的小靜，她的確已經唱到了副歌，而且是第二段的副歌，這次的副歌裡藏著一個巧妙的變奏。

這個變奏，堪稱是這首歌最末，也是最精采的轉折，畢竟這是一首悲傷低語的歌曲，一路聽下去，縱然會讓人逐漸進入其如〈夜雪〉般深沉的情緒之中，卻仍少了那麼一點震撼人心，將情緒帶至頂峰的一個轉捩點。

所以，這個小變奏，會是這首歌的亮點與記憶點，但卻也是每個演奏者最大的挑戰。

歷年來唱這首〈夜雪〉的歌者不少，但能成功處理這個變奏的歌手卻非常少，而且，就算是已經出過十餘張專輯，長年盤據暢銷排行榜的老牌歌手，失手者也不在少數。

關於失手這件事，有個挑戰失敗的老牌歌手這樣說過：「對不起，我逃了。」

逃了？

「我怕情緒會滿出來。」老歌手的眼神飄忽，似乎在閃躲什麼，「〈夜雪〉這首歌那漲裂到極限的情緒，會因為這個成功的變奏而潰堤！所以……我逃了。」

這句話當時並沒有被每日喧騰不止的娛樂新聞所注意到，轉眼就被淹沒，成為一堆垃圾新聞中最底層的新聞之一。

爾後唱〈夜雪〉的人少了，能成功處理這變奏的歌手，又更少了……

如今，陰界的歌之酒已經淹到了眾人大腿側，在陽世的人們，也已經無法移開視線的時候……小靜的歌聲，來到這變奏點之前，下一個音符，就將進入這歌曲的最後一個高峰了。

雪，飄落著。

凝視窗外的少女，在這個變奏點之時，用左手輕輕撫摸著右手微凸的脈搏處。

然後，左手慢慢移向了每張書桌幾乎都會有的那項工具，那專門裁紙的工具……

接著，左手緊緊地握住了那工具的柄。

陽世。

聽眾的眼睛，數十萬雙聽歌觀眾的眼睛，竟在這變奏點處，不約而同地閉上了。

閉上的瞬間，是需要更專注地聆聽，抑或，他們本能式地切斷視覺的干擾，只為了迎接如山崩般的情緒降臨？

而降臨之後呢？

此時此刻，始終陪伴小靜到最後，同時也是這次歌唱大賽奪冠熱門的蓉蓉，雙手十指交叉緊握，彷彿在祈禱著。

祈禱她所害怕的事情，不要真的發生了。

而陰界呢？

當歌曲到達了這個變奏點，凝聚了多時的低沉情緒，終於要跨入臨界點時……一件匪夷所思的事情發生了。

在眾陰魂大腿高度不斷蕩漾，並隱隱上升的水位，出現了下降的趨勢。

「酒的水位下降了耶。」火雲邪神皺眉，「這個歌手小靜後繼無力了嗎？」

「滴答滴答，對啊，以水為酒，一開始滿有賣點的，但如果後繼無力，這樣就沒有機會打敗〈松鼠〉了啦。」時鐘假面也搖頭。

「可惜啊可惜，勝負要分了……咦？」就在愛睏戰神用力打了一個哈欠，準備閉上眼，真的給他狠狠睡一覺時，忽然，他咦的一聲。

「怎麼？」火雲邪神問。

「我知道水位降低的原因了！是因為……水被吸回去了。」

「吸回去？」聽到愛睏戰神這樣說，時鐘假面的兩根眉毛分針與秒針，糾在一起。

「對，水不斷往後退，退回歌者的方向了。」愛睏戰神邊說，目光追著急退的水流，看向了小靜方向。

然後，這剎那，他噤聲了。

不只噤聲，連哈欠都忘記了。

因為他忽然徹底明白，水位為什麼會急速後退了。

因為就在小靜所站的舞台之前，一道酒水之牆正滾滾升起，牆愈築愈高，直衝上天際，而這座牆，毋庸置疑正是把附近所有的酒水，全部倒吸回去的原因！

「酒水牆？」愛睏戰神嘴唇發白，嘴裡喃喃唸著，「不，這不是酒水牆，這是一種海洋的自然現象，會讓每艘船上的船員都為之膽寒，讓海中生物都為之驚慌錯亂的現象……」

水牆，仍不斷地拔高，在小靜的變奏歌聲中，不斷，不斷地往上。

短短數秒，已經是三十層大廈的驚人樓高，而牆的最上緣，是白色泡沫正像雪花般不斷翻動，氣勢駭人！

「什麼自然現象？」時鐘假面和火雲邪神同時問道，聲音也同時發出了抖音……

「這是，」愛睏戰神，從海面上猛然站起，發出淒厲大吼，「海嘯啊！」

陽世。

「完美。」強哥與鐵姑是聽過〈夜雪〉的人，也是耳力敏銳之人，他們知道那個轉音即將到來，也知道那轉音的難度，更知道有多少老手因為逃避而挑戰失敗。

所以，當小靜終於來到這轉音之時，他們不自覺地屏住呼吸，直到，轉音過去。

他們替這次小靜的表現，下了最簡短的註解。

完美。

〈夜雪〉的轉音，轉得完美，也代表，海嘯已經完成，就要轟然垮下。

陰界。

「海嘯啊！」眾人嘶吼。

同時間，巨牆轟然崩下。

上萬陰魂，只能仰著頭，張著嘴，看著這自然界最兇暴的現象之一，從上而下，直衝而來！

海嘯的力量豈止萬噸，頓時將所有陰魂一併捲入其中，慘叫聲、悲鳴聲、呼救聲，一片混亂中，卻有一個蒼老且神秘的回音，直接在眾人的腦海響起，有如心念傳音。

眾人無法分辨這聲音是真有人說話，又或者是自己腦中生成的幻聽，而這聲音是如此說的……

「哈哈哈哈，老夫天缺，就是在等這狂烈之酒啊！再烈一些！再狂一些！方能將老朽身軀重新喚醒啊！哈哈哈哈！」

海嘯，帶著巨大浪牆轟然垮下，海浪從數百公尺、數公里甚至延伸到數十公里，幾乎覆蓋整座城市。

整座城市，就在這首〈夜雪〉的最後一分鐘歌聲裡，陷入一大片酒之海嘯之中。

酒水濃烈，氣味炸裂，頓時讓整個城市都一起醉了。

無論是陰魂，或是陰獸，無論是修為百年以上的陰界高手，或是初來乍到的菜鳥陰魂，無論是執行殘酷勤務的政府人員，或是不受限制膽大妄為的黑幫人物，全都醉了。

醉得眼神迷濛，醉得放聲大哭，醉得仰頭傻笑，警察與黑幫不再追逐互戰，而是跌坐在地上，捧著一手好酒，互相乾杯大喝。

汲汲營營的陰魂工作者，也丟下手上工作，哭著笑著，隨著湧入的酒浪，忘情地舞動著。

這就是小靜的歌。

〈夜雪〉如同一道驚人的海嘯，在眨眼之間，吞噬了整個城市。

然後呢？只是，然後呢？海嘯過後，這座城市，這些聽眾，這些曾經暢飲過歌之酒的魂魄們，又會發生什麼改變呢？

第五章・投名狀

陰界。

就在陽世因為這場歌唱比賽而沸騰，陰界因為這些歌之酒而瘋狂之際，還有一個人，彷彿置身事外般，沉靜地站在會場附近一棟建築物的頂樓。

月光下，他的右手握著一根黑色長矛，身邊矗立著比他還高的深黑色長毛巨犬。

長矛通體墨黑，矛體周圍捲動著若有似無的風，散發著一股深沉的王者氣息。

他凝視著前方的舞台，凝視著那個雙手緊握著麥克風，閉著雙眼，用生命盡情演唱的陽世女孩，小靜。

他的冰冷的眼神中，滿是無法被理解的複雜情感。

情感之中，有懷念，有憧憬，也有頑強戰意，以及冰冷殺意。

這個男孩，在想著什麼呢？

他握著手上長矛，一個若有似無的嘆息，將他帶進了回憶……

數日前，他帶著身邊的巨犬，站在「那個男人」面前，男人下巴蓄鬍，單手托腮，坐在丞相座之上。

「你想入政府？」

「是。」

「投名狀，遞上。」

「何謂投名狀？」

「殺一個人，就能入政府。」

「誰？」

那蓄鬍的男人笑了，「一個生時撼動陰界，死時肯定也會造成大亂的老工匠。」

「喔。」

男孩接下了這名字，他表情沒有任何改變，因為他早已預料，投名狀絕非輕鬆的任務，只是，他內心仍不免波濤洶湧。

因為這男人，真的是生時撼動陰界，死時，肯定也會造成大亂……

這男人，此刻正在歌唱比賽的會場之中，男人最忠心的老僕，正貼身地服侍著他。

「今晚你的命，我拿定了。」拿著長矛的男孩嘴角揚起一個充滿決心的笑，「天缺老人。」

然後，男孩的目光移動，看向了正在唱歌的陽世女孩。

他慢慢吐出一口氣。

「小靜，對不起，我要大鬧妳的歌唱比賽會場了，雖說，妳也不會知道陰界發生了什麼事……」男孩吐出一口氣。

「還有，那個長髮女孩，琴。」男孩想起了琴，嘴角揚起，似乎想起某些痛快的回憶，「在颱風與妳合作對付太白金星，是我到陰界以來，最有趣的回憶。」

「不過，」男孩右手緊握黑矛，開始往前奔跑，「此刻，我要踏上我的道路……因為當我重傷時，我欠了另一個女孩一份情。」

當男孩開始往前跑，身邊的巨大黑犬，也隨之開始奔跑。

「為了她，我一定要進入政府之中。」男孩已經奔到了大樓邊緣，然後他一個縱躍，宛如一頭大鷹般往下落，「我有想要改變的東西，我非要不可。」

男孩不斷下落，然後他下落的勁勢突然緩了，因為風來了，他的雙腳踩上了風，讓他由下墜改為直飛，瀟灑地御風而行。

而他身後的大狗，彷彿化成一團黑色風球，自在地在空中飛行。

「今晚，就讓我來領下投名狀吧！」風中，男孩聲音低沉充滿力道，「過了今晚，所有人都會知道我的名字，我的名字，叫作柏。」

陰界。

酒之海嘯，席捲整座城市。

此時，男孩落地了。

他的雙腳踩上潮溼的大地，濺起一人高的水花，然後他往前狂奔，踏著狂暴的水花而行，而他身後，跟著一團猛烈的風，風捲動起更驚人的水花。

男孩繼續跑著，跑過被海嘯衝擊而昏醉迷惘的陰魂們，跑過流著口水打盹的火雲邪神，跑過時針和分針糾纏的時鐘假面，跑過睡和醒分不清的愛睏戰神……

男孩一邊跑著，手上的黑矛，已然舉起。

背後的那團風球，也露出滿嘴銳利的大牙。

他們繼續狂奔，腳下運著風，速度已經超越跑車，有如一道平射的閃電，噴出一條筆直的水花線。

他們奔過坐倒在地的紅臉天姚，經過牽手而坐的龍池與鳳閣，甚至跑過在海嘯中仍維持清醒，但把所有的清醒都拿來繼續喝酒的獨飲。

然後，男孩動作改變了。

他在高速中躍起，黑矛高舉到極致，黑矛也在此刻，映照著月光，發出強烈的黑色光芒。

他是狼，一頭荒野中獨行的戰狼。

「安息吧！」男孩沒有人吼，聲音低沉卻充滿絕對壓抑，他手上的黑矛有如黑夜突襲的狼牙，雙顎挾著視死如歸氣勢，陡然咬下，「天缺老人！」

天缺老人！

男孩的黑矛要刺穿的竟是這道幫之主！一如狼牙要咬斷的竟是巨象的脖子！

就算巨象已老，早已無法抬起雙足抵禦，可是，狼牙真能咬穿年老巨象的身軀嗎？

答案，並未立刻揭曉，因為一雙手，從迷醉的人群中，伸了出來，硬生生握住了男孩急速刺來的黑矛。

這一握，顯示的不單是速度、威力，更是這雙手本身道行的高絕。

男孩詫異，轉頭，皺眉。

他看見了一個外表樸實如老農，眼神低調無波的中年男子。

「不准你殺，老主子。」中年男人聲音低沉沙啞。

「老主子？你是……」上百個名字在男孩腦中快速奔騰，最後停在兩字之上，「貫索。」

「正是在下，我也認得你，你是柏。」貫索雙手緊緊抓住黑矛，往後猛甩，竟將男孩連矛帶身體往一旁甩去。

「我，已經不是當年的我，我在政府內部療傷時，所遇到的那些事，逼得我變強了啊！」男孩就是柏，柏就是男孩，他運起道行，道行透過長矛，猛然炸裂開來。

柏的道行，使得黑矛刮起戰慄黑風，黑風如捲動的尖刃，眼看就要把貫索的雙手片成一盤火鍋肉片。

「要傷我？可不容易啊，因為防守，正是我的技呢。」貫索臉色絲毫不變，全身上下竟然隱隱出現一頭龍首龜甲的聖獸形影。

此刻如捲簾、如風扇般的黑風之刃，咻咻咻咻咻咻，全部招呼到了貫索的雙手上，但就在龍龜形態聖獸護體之下，這些黑風之刃竟像是切在兩條鋼柱上，半點也沒有傷到貫索。

「嗯。」柏雖然沒有傷到貫索，卻已經阻擋了他被甩出去的勁道，一個回身，已然落地。

「小子，讓你看看，防守型的戰士，如何作戰。」貫索眼睛圓睜，雙手截住黑矛，同時發出低吼。

隨著貫索道行的提升，他身上那隻龍首龜甲的形影，竟然開始擴張！

明明沒有實體，脹大的形影卻讓柏感到呼吸困難，柏知道，若不放開黑矛，任憑龍龜再脹大下去，自己會被這股道行硬生生擠到內臟重傷，甚至當場斃命。

但柏會放開手上黑矛嗎？

「我不會放開矛的。」柏抵抗著龍龜道行的巨大壓迫，全身骨頭發出喀喀的聲響，臉上卻浮現一抹冷笑，「因為我知道……」

貫索眉頭微皺。

「小靜的絕對時間，馬上就要開始了。」

小靜的絕對時間？

貫索還沒完全理解這句話是什麼意思，忽然他發現，柏抽出了黑矛，在這巨大壓力下，柏怎麼可能輕易活動？

不，不是柏太厲害，而是壓力不見了？

貫索赫然發現，自己龍龜形態的道行，竟然像是空氣般，瞬息間完全消失了。

「這……」

「這，就是小靜唱歌到極致時，才會出現的……絕對時間！」柏以他抽出的黑矛，再度往前一送，直接送入了貫索的胸膛，「很抱歉，你深潛這麼久，一出來，就要被我幹掉了啊。」

貫索睜著眼睛，看著黑矛鋒利的矛鋒，一寸一寸刺進自己胸膛。

這一剎那，他感覺到兩個字：嚴峻。

保護天缺老人的這場戰役，肯定會異常的……嚴峻啊！

陽世。

〈夜雪〉這一曲，終於唱完了。

當〈夜雪〉最後一個音符，帶著濃烈惆悵情感，慢慢消散在空氣中時……

和阿皮〈松鼠〉最大的不同，就是〈夜雪〉唱完後竟然沒有半點掌聲，是的，一個掌聲都沒有響起，不只如此，沒有討論聲、讚嘆聲，甚至連咒罵聲都沒有！

只有一片寂靜，死亡般的寂靜。

每位聽眾，都沒有移動，只是盯著眼前的電視螢幕，只是讓耳機掛在雙耳內，只是手裡提著準備要去夜市的外套，動也不動。

這歌，究竟是什麼歌？

剛剛，有如海嘯般的衝擊是什麼？

為什麼，我想哭，但卻哭不出來？

那個想當吉他手的夢呢，我現在究竟在幹麼？我不是說要出國留學嗎？為什麼打了這麼多年的工，還在這裡漂蕩？還記得我們的約定嗎，年輕時的甜蜜愛情，為什麼最後只剩下無盡的互相傷害？更悲傷的是，不是說好二〇一七年要寫完這本《陰界黑幫》，現在已經二〇一八年年底了啊？

歌曲結束後的死寂，所有人，都掉入了自己無限迴圈的哀傷中。

甚至，連評審也是。

鐵姑與強哥，一個是唱紅無數歌曲的鐵肺女王，一個是製作過無數暢銷專輯的作詞作曲者，兩個人，竟也因為這首〈夜雪〉而停頓數秒鐘，就算攝影機已經對準了他們，他們還是無法從〈夜雪〉帶來的思緒氛圍中逃脫。

對鐵姑而言，她想到的是年輕時候瘋狂的愛，最後她的抉擇是事業。但是每當她在歌壇的地位愈高，愈多人簇擁著她……她就愈發忍不住想，如果當年，她選擇的是愛情，結果會是如何？

數年後，她輾轉知道當時的男人結了婚，有了家室，養著兩個小孩，每天奔忙於工作與小孩之間，變得比平凡更為平凡，但平凡真的不好嗎？

每天忙碌著，周旋著，平庸著，卻也是充實與飽滿著。

因為他認真地照顧著別人，也被別人認真地照顧著，需要也被需要著，滿足填滿了平凡男人生活裡的每一個小角落。

這樣充實的平凡，也是鐵姑夜深人靜時，最渴望的一種感覺。

〈夜雪〉在小靜純淨的嗓音中，頓時將鐵姑深藏於內心的這份寂寞，赤裸裸地勾勒出來。

於是，鐵姑安靜了，在此時此刻，她不想評斷好壞，她只想給自己幾秒鐘，安靜品嘗著這份孤獨。

黑色無聲的孤獨。

相較於鐵姑的孤獨，那超級專輯製作人強哥呢？

曲音結束之後，他更是陷入回憶泥沼中無法自已，因為他的泥沼比鐵姑更深沉、更冰冷，也更危險。

在當上製作人之前，強哥其實是一個熱愛吉他的歌手，而他的出道，則是與一個相交十餘年，國中就認識的夥伴，一起共同組團。

夥伴的影像，就在此刻，如此鮮明的在小靜的歌聲中浮現。

強哥是樂團的主唱，與那人一起組團，一開始走青春偶像路線，在那個青春偶像如雨後春筍般冒出的年代，兩人的唱功不足以傲視群雄，外貌雖勉強過關卻不足以迷倒眾生，於是他與那人一起在歌壇浮沉了幾年。

每一次，當強哥覺得沮喪想放棄時，常常是半夜的一通電話，一手啤酒，一場籃球，靠著那人的關心和打氣，就讓強哥度過低潮，重新堅持夢想。

直到某天，他們苦熬了六年終於有了一點成果，一部小資本的電影為了節省成本找上他們唱主題曲，幸運的是，電影因為題材切合時事而意外地在市場上大賣，連帶地將強哥和那人的樂團推上了歌唱夢想的高峰。

也就在那時候，強哥遇到了他未來的老婆，未來的老婆是歌手經紀人，她一口咬定，強哥不該繼續拿著吉他唱歌。

「那我該幹麼？」

「你去當製作人。」她說，「慢慢從底子扎根，練起來了，就會是你的。」

「可，我想唱歌。」

「但你不適合唱歌。」

「呃。」

「我認識一家唱片公司願意讓新人試試，機會難得，你想想看，機會只有一次，把握它。還有……」女孩的臉，此刻笑得好甜，「還有，請相信我。」

幾句話，如寂靜夜空的雷聲，震撼了強哥年少的心靈，他無法解釋當時自己所做的一切，但他卻很清楚知道一件事，那就是，這女孩是對的。

歌壇浮沉了七、八年，他知道，他早就知道，他該走的路是什麼。而這女孩，是上天派來給他機會的。

可是，強哥也很清楚，如果他要做這決定，他還需要面對一個人。

強哥決定攤牌明說，因為他相信這位老夥伴，總是熱情單純勇敢，一路帶著自己度過低潮難關的老夥伴，一定會願意支持強哥的決定。

那個人，聽到強哥說了這番話，表情先是一呆，隨即，他臉上浮現了某種神情。

就算幾十年過去，當強哥老了，都無法忘記那人的神情。

像是一片深綠色的美麗幽靜的湖面，忽然間，某種淤積在湖底深處的東西，浮了上來。

那可能混雜了上百年的魚蝦屍體，更可能是更早更早以前，當這座大湖剛開始形成之時，地震裂開了大地，被埋入的動物們屍骸，早已腐化成比土壤更像土壤的腐植質，浮到了這片青翠碧綠的湖面。

強哥不知道那是什麼，只知道，夥伴神情中的「那東西」，讓強哥畏懼，全身發涼，不敢直視。

但這神情一閃即逝，他的夥伴隨即又恢復了溫暖憨厚的笑容，「太棒了這機會真的很難得，你得好好把握才是，今天晚上，我們再約一次籃球場，啤酒我帶，我們來慶祝一下。」

那天晚上，強哥和夥伴打了籃球，喝了十幾罐啤酒，聊起了國中的往事，一起躲在衣物間練唱被人用掃帚趕出來，為了某位崇拜的歌手，打工一個月好不容易才買到演唱會的門票，結果卻因為重感冒而去不成演唱會……

一切的回憶，點點滴滴，在籃球場上，砰、砰、砰……，籃球撞擊地板的清脆回音聲中，被重新提起。

強哥覺得慶幸，他的夥伴這麼明理與可靠，一如這十幾年所認識的他。

不只慶幸，更因為期待將來的生活，又或許高興能因此多見那女孩幾次，強哥這一晚喝的酒是過往的兩倍，甚至是三倍，喝到他第一次來不及走回家，就醉倒在籃球場上，躺在滿是啤酒罐的藍綠色地板上，沉沉睡去。

夢裡，強哥看到了好多事，年少時的回憶，舞台上彈奏著吉他，明暗的舞台燈光，聽眾陶醉的神情，唱片銷售失敗時的沮喪，還有夥伴用力摟住肩膀的溫暖，一口一口冰涼的啤酒，最後，他夢見的是那片湖……

湖底深處，突然浮上來的不知名黑色物體，那到底是什麼？

那到底是什麼？

當強哥在刺眼的晨光中醒來，他終於知道了答案。

那答案，來自懸在籃球架上，被風吹得輕輕晃動的一雙腳。

§

「強哥？強哥？強哥？」

強哥在喧鬧的聲音中陡然清醒，他發現所有人都看著他。

「強哥在發呆呢。」主持人笑著，「怎麼了，剛剛的歌太好聽了，聽到忘神嗎？」

「嗯……不是……嗯……」強哥揉了揉太陽穴，苦笑，「鐵姑，我們……」

當強哥轉頭，他赫然發現，鐵姑的神情也有些不同，這歌壇最硬派的唱將型女歌手，眼中竟然噙著淚。

「強哥，我認為，我們該休息一下，討論一下優勝者。」鐵姑微笑著，就算眼角有著只有距離近得如強哥才能勉強察覺的淚光，她的聲音依然沉穩充滿魅力。

聽到鐵姑如此說，強哥頓時懂了，他清了清喉嚨，附和說道：「咳咳，我也覺得需要休息一下，接下來，可就是決賽了。」

「好。」主持人看著兩位評審，與藏身在幕後的導演交換了眼神，兩人發現自己都因為聽到「休息」兩字而鬆了口氣，「那我們休息一下，先進一段廣告吧。」

於是，在這片沉靜中，電視螢幕切上了少年拿著籃球，快樂地吃著麥片，暗喻身高從拿不起籃球到可以空中轉圈灌籃的程度，配上輕快的音樂，歌頌這牌子麥片的偉大。

但電視機或電腦前的人們呢？這份沉默，卻迴盪心頭，久久不散……

〈夜雪〉在陽世掀起悲傷的風暴，在陰界呢？

當貫索的防守技消失後，柏的黑矛插入了貫索的胸膛，他順勢一個迴旋，硬是將貫索甩飛了數十公尺。

貫索胸口噴濺鮮血，帶著滿天血花，往後退去。

「因為我知道小靜的絕對時間，這一擊贏得有點勝之不武，但，我有我的目的，抱歉！」柏提著仍在滴血的黑矛，繼續往前，朝著坐在椅子上的木乃伊，天缺老人胸膛的心臟處……直插了下去！

「不可！」貫索重傷而退，但卻在最後一刻有如頑石般又攻了回來。

完全不顧身上的傷有多重，貫索再次舞動雙拳，拳中飽含特殊拳勁，但卻不是打向柏，雙拳拳面相對，而是剛好夾住了黑矛的刀面。

這雙拳沒有了技，卻仍保有貫索累積了數百年的扎實道行，頓時讓這柄黑矛攻勢一頓，明明只差一毫釐，卻無法插入天缺老人的胸膛。

「好拳！」柏讚嘆。

「此拳，乃四拳之一。」貫索咬牙，血絲從他的嘴邊源源滲出，「專司防守之……豚拳！」

豚拳！

四獸拳中，最平衡的龍拳，速度最快的猴拳，攻擊最強的虎拳，連防守如盾的豚拳，竟也在此役中現身了？

貫索失去了先機，也失去了技，更中了一矛重傷嘔血，他只能靠著這些年來扎實苦練的豚拳，以生命來當作唯一的賭注，擋住柏的這柄黑矛。

「貫索，如果我叫你閃開，就是瞧不起你。」柏嘴角微揚，他以全身的力量猛力推動著手上的黑矛，再次讓停滯的黑矛往前挺進！「為了向你表達敬意，我會將你這堵牆，全力擊潰！」

豚拳確實很難攻破，貫索的道行也確實很高，但黑矛為優秀的十大神兵，鋒利絕倫，加上柏這些日子在政府療傷時，因為某種原因讓道行異常飆升，所以這場位在天缺老人心臟前方五公分處的戰爭，黑矛取得了優勢……

黑矛在微停之後，再次開始前進了！

一分一分的，朝向天缺老人胸膛內那顆跳動的鮮紅色生命之源，不斷逼近。

逼近……逼近……

貫索的雙拳顫動，他張開了嘴，發出足以震動整個歌唱比賽會場，如同喚醒眾生的轟隆鐘聲。

「陰界的黑幫們！」貫索吼聲，連天空的雲都為之震動，他百年的道行已經完全釋放，再也沒有絲毫保留，「他媽的，給我統統醒來！咱們的幫主要被殺了啊！」

他媽的給我醒來！咱們的幫主要被殺了啊！

就在這一瞬間，所有被海嘯衝到半醉半醒的幫眾，睜開了眼睛。

他們看到了柏挺著黑矛，插在貫索胸膛的這一幕，同時也意識到，背後天缺老人的生命，已然岌岌可危……

但是，他們的心中，卻都有了不同的想法，與不同的掙扎……

他媽的給我醒來！咱們的幫主要被殺了啊！

「這矛要殺的，是天缺老人？」最快清醒的，是在場道行最高之人，曾是黑幫十傑，現任政府南軍之正的獨飲。

他睜開眼，瞬間感覺到自己的技消失了，有些訝異，但身為甲級星的底子可一點都沒有減少，一瞬間，他已經掌握了自己身體狀況。

沒有了技，他還有一身橫練的道行可以用，也許無法隨心所欲地打出刀氣，但依然能揮舞手上的青龍偃月刀。

而眼前的這場暗殺，他該不該出手？

天缺老人倘若在此地被殺，會有什麼影響？

「獨飲老大，」獨飲背後響起小聽的傳音，聲音來得又急又快，「這問題非常複雜，天缺一死，黑幫勢力就怕會失衡，我們政府可能會取得更大的權力，換句話說，也許要殺天缺的人，就是政府內部，我們必須做預防性的判斷……」

「防個屁！」忽然，獨飲起身狂笑，右手抄起傳自古老戰神關羽的青龍偃月刀，邁開大步，「老子幹架，全憑直覺啊！」

獨飲往前了，表示他要介入這一次刺殺了，只是他究竟要幫黑矛，還是要阻止黑矛？

「哎啊！老大這時候不能只靠衝動啦。」小聽苦笑，身軀縱躍輕盈，卻快如疾電，追上了獨飲背影，「這一次牽連太廣，一定得想清楚再動手啊！」

他媽的給我醒來！咱們的幫主要被殺了啊！

第二個睜開眼的，是此時此地的第二大勢力，紅樓天姚。

天姚眼睛也睜開了，她也同樣訝異於她的虎拳失去了形態，幸好她也是練功扎實的武鬥者，所以失去了技，對她影響也不算太大。

旋即，她也陷入和獨飲一樣的遲疑。

天缺老人要被殺了？

她的拳頭，微微握緊了。

誰有這膽子敢殺道幫的老幫主？殺了以後，又有誰會得利？又有誰會付出慘痛代價？天姚遲疑著，此時此刻她的決定，將會代表黑幫紅樓的立場，更會影響紅樓與政府的關係，如此牽連廣大，她該怎麼決定？

不過就在天姚遲疑之際，她聽到了背後傳來一聲大吼！

這吼聲喊得如此倉促且悲憤，像是子獸見到母獸遇害時，發出聲嘶力竭的狂吼，而且真正讓天姚吃驚的，是這聲音的來源竟是向來沉默少話的……

天馬！

天姚急回頭，看見這個素來平靜沉默的長髮少年，往前猛然衝出，然後在狂奔之間，他的右腳已經迴旋踢出。

天姚這幾年來與天馬相處，知道他的絕技都在一雙腿上，而且就算沒有「技」的輔助，他的右腳仍可以像一把燒著火的烈焰巨斧，隨時都能把山壁劈出一條驚心裂縫。

「天馬……」天姚已經無暇再思考什麼盤根錯節的政治問題，因為天馬已經帶著瘋勁加入了戰局！

所以她天姚也只能加入了，換句話說，此刻開始，天缺老人的這場神秘刺殺，紅樓也正式參戰了。

只是，向來孤傲的天馬為什麼如此瘋狂？為什麼？天姚追著天馬背影時，忍不住再次自言自語。

「天馬……你為何而瘋狂？這場暗殺，又和你是什麼關係呢？」

他媽的給我醒來！咱們的幫主要被殺了啊！

在貫索怒吼後，第三批醒來的人，是現場的第三大幫派勢力，海幫！

這裡有一對夫妻，幾乎同時睜眼。

龍池在一陣頭暈之後，用力拍了自己的頭兩下，才開始掌握整個局勢。

技莫名其妙地消失了，只剩下基礎的道行，然後……天缺老人前面，有一個拿著黑矛的男孩，而試圖以生命抵擋男孩的則是貫索，這男孩是要殺天缺老人嗎？

這男孩是誰？竟有如此能耐，逼住貫索？

看著貫索全身浴血的模樣，只怕男孩真能殺掉天缺老人！

道幫幫主如果死掉了，陰界絕對會再次掀起黑幫大浪，大大小小黑幫即將重新分裂組合，黑幫絕對會付出無比慘痛的代價！甚至可能墜入萬劫不復的境地！

所以，我該出手！

龍池想到這，急急起身，運起道行於雙拳之間，四獸拳中最講究平衡的龍拳，就要飛騰而出。

可，也就在這個時候，一雙纖細柔軟的手，卻輕輕拉住了龍池的拳頭。

「鳳……」龍池一呆，猛回過頭，他看見了鳳闍正對著自己，搖了搖頭。

夫妻結髮數十年，早已心意相通，鳳闍想到的，是龍池沒有想明白的，那就是若救了天缺老人的後果……

敢殺天缺老人的，也許是另一個黑幫，也或許是高手如雲的政府，而他們都不是二級幫派海幫能招惹得起啊。

「陰界宛如一池江湖，自古紛爭不斷，我們改不了，也動不了的。」鳳闍語氣放低放柔，有如床畔輕語，「別去，好嗎？」

別去，好嗎？

龍池的拳頭握得很緊，緊到幾乎擰血，然後又慢慢地放鬆，暴露青筋悄然消失，只剩下五根粗大指頭，回握住鳳闍的纖細雙手。

「嗯。」龍池嗯了一聲，剛剛暴衝之氣已然消散，他不再往前，只是仰起頭，深吸了一口氣，強壓住自己正在沸騰的血液，只用雙眼關注戰局。

龍池的雙眼正在告訴他一件事，這是最波瀾壯闊，也是最悲愴的一刻，因為，陰界的歷史，即將從這刻，開始驚天動地的改變。

第六章・咱們的幫主要被殺了

柏的黑矛究竟有沒有穿過貫索，奪去天缺老人的性命？

沒有。

因為黑矛的兩側，多了兩樣東西，這兩樣東西威力不下於貫索的龜拳，穩穩卡住黑矛，讓黑矛不只無法前進，甚至開始節節敗退！

這兩樣東西，一是柄大刀，刀上青龍紋路隱隱閃動流光，正是當年三國時期戰神關羽手持之聖兵，青龍偃月刀。

握著此刀的，正是獨飲。

而另一件卡住黑矛的東西，是一條腿，腿如勾，靈活卻充滿勁道，踩住了黑矛的柄部，斷去矛往前推的任何動力，而以腿功著稱的，正是沉默寡言的天馬。

「哈哈哈。」青龍偃月刀的持有者獨飲，大笑著，「憑你這小子要殺黑幫老大之一的天缺，回去喝奶十年再說吧！」

「……」天馬沒有說話，但雙眼透露堅毅光芒，那是絕對不放開腳，不讓天缺老人被刺殺的意志。

柏的矛被兩大力量挾持著，頓時動彈不得。

但柏的表情，卻絲毫沒有改變，他只是仰起了頭，注視著天空，嘴裡輕輕說了一句話。

「風，下來吧。」

風，下來吧。

然後，獨飲與天馬都感覺到呼吸一窒，是什麼東西，從天空中下來了？

是風？

一團黑色狂風，在空中盤桓幾圈之後，竟然化成了真正的形體，那是一頭全身環繞著巨大狂風的黑色巨犬。

「嘯風犬！十二大陰獸！」小聽聲音難掩吃驚，「老大，提防點！」

嘯風犬踏風而降，全身挾著狂風亂舞的利刃，牠冷黑色的雙眼看了天馬與獨飲一眼，瞬間做了判斷，牠發出風吼聲，然後直撲向了獨飲。

「好狗狗，你想先解決我？哈哈，因為知道老子比較強嗎？」獨飲依然不改狂氣，大笑著，「看樣子，你和我很像，我們都是驕傲的傢伙啊！」

也就在這笑聲中，獨飲右手猛力往後一拉，噌的一聲長音響起，他抽出了原本正和柏黑矛對峙的青龍偃月刀。

刀鋒在空中劃出一道長弧，然後擊向了急撲而來的嘯風犬。

青龍偃月刀，這把走過陽世，又回到陰界被重新淬鍊的地獄之兵，如今也正雀躍著，因為它知道，即將面對能讓它盡情酣戰的對手。

刀鋒的這一弧線，不知道曾經斬下多少悍將的頭，劈斷多少猛獸的身，斷去多少不自量力武鬥者的生命，如今，它已鎖定目標。

而嘯風犬呢？

牠踏風而奔，一身黑毛飄揚在如同利刃的風暴中，牠同樣自負，也有面對頂級獵物的興奮，因為牠可以嗅得出，那把偃月刀上所沾的血腥，是如此濃厚，是一層又一層戰士鮮血所堆疊而上的暴力與狂妄。

而這把刀，握在同樣暴力狂妄的主人手上，這樣的對手，綜觀陰界，要去哪裡找？

青龍偃月刀，開始爆出白色火花，那是當刀鋒撞上風刃時，所激起的無聲亮光，風刃很強，殺傷力足夠，但卻完全沒有讓青龍偃月刀減下半絲速度……

眨眼間，刀已經來到了嘯風犬面前，再下去，狗頭就要被切成兩半了！

但也在這一瞬間，刀弧處突然倒映出一排銳利牙齒的影子，影子急速落下，鏘，青龍偃月刀的刀，停了。

因為，嘯風犬咬住了它。

「用狗嘴咬刀？」獨飲大笑，「你知道自己咬的是什麼刀嗎？咬的是專門斬殺他人頭顱的戰刀啊，你不怕等一會兒嘴巴一鬆，頭顱變成兩半嗎？。」

「你！」獨飲突然感到青龍偃月刀發出一陣奇異的鳴動，刀身是在哭？不，是笑！刀在笑，笑這千年未免太孤獨，終於來了一個瘋子！

但在刀鳴聲中，獨飲看著嘯風犬緊咬著青龍偃月刀，那雙冷黑色的狗眼，透露著令人膽寒的殺意，那不是對某些事物的恨意，而是純粹，也更危險的戰意。

這隻狗，就算自己滿排牙齒斷掉，都要咬裂青龍偃月刀嗎？

而獨飲感應到青龍偃月刀也微微抖動著，同樣的戰意，亦出現在刀體之中，青龍偃月刀是打算直接震斷狗牙，就算自己崩裂也無所謂嗎？瘋狗，對上瘋刀？

「哇哈哈哈哈哈！」獨飲狂笑起來，「那就再加一個瘋人吧！」

笑聲中，獨飲雙手擰住刀柄，更用力地往嘯風犬推去。

一狗、一刀、一人，三個瘋子，就這樣在對決中，完全沉浸其中，忘情生死。

除了勝負，除了戰鬥，已無任何重要的事。

嘯風犬引走獨飲，那黑矛上的另一個阻力呢？

天馬的腳，緊緊踩在黑矛之上，與柏兩兩對峙。

「我怎麼覺得，這不是我們第一次交手？」柏眼睛瞇起，雙手握矛的道行，不斷加重。

「……也許。」天馬也不是多話之人，簡短兩個字，訴說著他也有著相同的感覺，而他的腳也對應著柏黑矛的力量，不斷加重回抗著。

「將來，也許會繼續打下去？」

「……也許。」

這簡短的四句對話後，兩人再次沉默，將一切交談交給了身體的道行，滾滾的道行，互相攻防，在黑矛，在貫索的胸前，又戰得了危險平衡。

但是，這平衡，很快地，被一條條滑溜冰冷的扭動物體破壞了。

這滑溜的物體，一條接著一條，爬過柏的雙手，爬上黑矛，也爬上了天馬的腳，牠們憑空出現，詭異而迷離。

而牠們的真實身分，則在現場數千名陰魂的尖叫聲中，得到了解答……

「蛇！」陰魂們驚恐地大叫著，「好多好多蛇！青色的、藍色的、紅色的、黃色的、黑白相間的！我的媽啊，到底有多少種蛇？到底有多少蛇爬上來了？」

蛇，如浪，不知從何而來，已經席捲了整個會場。

然後牠們張大蛇口，毒牙映著月光，朝著離牠們最近的一塊血肉，毫不留情咬了下去。

於是，一波波蜿蜒爬行的蛇浪，揭開突然降臨的另一波殺戮！

蛇，咻咻咻咻地爬行著，溼潤的鱗片摩擦過柏青筋糾結的手臂，爬過粗糙鋼硬的黑矛表面，然後紛紛滑落到一隻腳上。

這隻腳，正踩在黑矛上，不是別人，正是天馬。

看著那蜿蜒上自己腳上的蛇群，發出嘶嘶的蛇音，他知道要自救，就只能收腳，但只要一收腳，這根鋒利的黑矛，又會再次突破貫索的豚拳。

但若不收腳，這些一看就知道飽含劇毒的群蛇，肯定會將自己咬到當場毒發暴斃。

要收腳嗎？

要收腳嗎？

收腳嗎？

天馬在這一瞬間，做出了讓人完全無法理解的決定，那就是，他的腳如鋼如鐵，硬是動也不動。

他不打算抽腳？就算被這數十條毒蛇的毒牙咬中，毒液注入，化成全身泛黑的毒屍，也在所不惜？

柏睜眼，這是他第一次認真看著天馬這名不見經傳的小子，這陰界，除了獨飲，還有人物瘋狂至此？

另一端，來自天缺老人，那雙已然槁木死灰的眼睛，映著天馬的身影，眼睛的最深處似乎也有著什麼亮光，緩緩燃燒起來。

毒蛇群，已經爬到了天馬腿上，嘶的一聲，張開嘴露出又長又尖的毒牙。

雪白毒牙，穩穩瞄準天馬右腿上的血脈，轉眼就要插落。

就在這個生死瞬間，一個深冷如冬夜雷鳴的女子吼聲，震動所有人的耳膜。

「你傻了嗎？這樣都不躲？」吼聲是女子，這女子正是天姚，「老娘是這樣教你戰鬥的嗎？天馬！」

吼聲中，天姚已然居上，右拳揮動，就算此刻沒有了技，天姚右拳上仍隱隱可見虎影，虎影咆哮，直接擊中天馬右腿，虎影像是一團震波，震得所有毒蛇都因此騰空。

當毒蛇騰空，完全失去了重心，滿嘴毒牙頓時無用武之地。

天姚又是一拳，這拳來自左方，銳利如虎牙，在空中劃出一個長長如彎刀般的半弧後，所有弧度所經的毒蛇，都斷成了兩截。

「你這傻子！」天姚揮著拳，向來剛毅堅強如她，卻也露出戰慄神色，「蛇！綜觀陰界，能如此操蛇殺人者，也只有這麼一個！一個絕對不能惹的角色！老娘我也傻了，竟然出手幫你！」

綜觀陰界，能如此操蛇者，也只有這麼一個？天姚所指的那這個人，又是誰？

天姚沒有繼續說話，因為眼前的狀況，已經讓她無暇再繼續言語了，因為，當數十隻小蛇被左手虎拳斬殺時，另一個更棘手的蛇影，已經從地面緩緩往上爬升，轉眼已然聳立在她面前。

巨大、陰冷、危險、恐怖，一個絕對致命的影子。

牠，是白蛇隱蝮。

「果然是妳，十二S級陰獸……隱蝮。」天姚雙拳緊握，感到背脊一陣陣涼意，「剛剛才出現嘯風犬，現在又是隱蝮……這場音樂會到底還隱藏了多少怪物？」

但，真正讓天姚擔心的，是操縱隱蝮背後的那個人，那股勢力。

那可能是擁有「六王魂」稱號的女人。

如果操縱這場暗殺的人，不是眼前這個毛頭小子，而是隱蝮背後的那女人，甚至那女人所代表的勢力……這次的出手，後續引來的災禍與紛爭，就怕不小啊！

天姚雙拳握著，這些想法在她腦海中快速流過，但她馬上收斂起心神，此時此刻不是擔心背後那堆陰謀的時候，現在的她，要做的事情只有一件……

那就是活下去。

從這十二陰獸之一的隱蝮獠牙之下，活下去。

「虎拳！」天姚雙手一前一後呈虎爪，左腳朝前，右腳收後，身體蹲踞，有如虎踞之勢，背後虎形隱隱浮現，「來吧，隱蝮，讓老娘來會會妳！」

隱蝮的雙眼透出陰森冷光，身體一盤，竟然慢慢地消失透明了。

隱蝮的能力之一：隱形！

天姚雖然也為乙等星之一，但她的實力還是與甲等天鉞星獨飲有段差距，她真能獨自與隱蝮戰鬥嗎？

同一時間，天缺這邊的僵局也發生異變，六隻從旁而來的手，竟然介入了柏、天缺、天馬與貫索的四方角力……

六隻手，三個人，一陣忙亂中，竟將天缺老人拖了出來，而且緊緊抱住有如木乃伊的天缺老人，開始往人群狂奔。

「你們……」柏咬牙。

「你們……」貫索笑了。

這三個人沒有星格，道行也不算頂尖，卻因為獨飲、天馬和貫索所爭取的時間，讓他們可以趁亂帶著天缺老人逃離柏的矛下。

只見這三個人一邊跑著，一邊還互相低語著。

「愛睏戰神，你確定我們沒有瘋掉嗎？」第一個頂上頭髮稀疏，滿嘴黃牙的陰魂如此說著。

「有沒有瘋我不知道，但我們在做對的事情啦！」愛睏戰神瞇著眼，還是一副要睡著的樣子，「天缺老頭就像陽世最有名的男子團體七七八八，是絕對不能亡的，他是咱們黑幫的象徵，不能讓天缺老頭就這樣死了！你同意吧，時鐘假面！」

「我當然同意，不然怎麼會和你們一起蹚這渾水！」第三個是時鐘假面，此刻他臉上的面具，時針、分針和秒針，全都直挺挺地豎起來了，「但我知道，玩過這一票，我們死定了。」

「死雖死，但我們狠狠玩過一票，不是嗎？」愛睏戰神咧嘴笑了。

「是啦，狠狠地，玩過了一票啊。」第一個火雲邪神說，「好歹我們也救過道幫幫主，這趟值了。」

三個人，你一言我一語，扛著天缺老人拚命跑著，跑離了柏黑矛的範圍。

天馬終於能鬆開他的腿，轉身協助天姚與隱蝮交戰。

但三個人完全沒注意到的是，當他們拚命狂奔之際，一道凜冽恐怖的陰影，已然悄悄地籠罩住了他們的上方。

還有殺手？下一個要刺殺天缺的險惡之局，隱隱又成形了。

陽世。

此刻，電視上正轉播著一秒鐘上百萬的廣告，價格之所以會這麼貴，是因為這歌唱節目的收視率，已經飆到了電視節目有史以來的前二十，更是歷代所有大大小小歌唱節目的冠軍。

不過，收視率愈好，卻讓這群躲在廣告後面，討論後續處理方案的評審、主持人與導演的表情愈發凝重。

「我個人覺得，不該再讓她唱〈夜雪〉了。」鐵姑率先開口。

「嗯，為什麼？」節目導演問。

「因為海浪。」鐵姑咬著下唇，「她的歌聲中有海浪，那些海浪會傷害我們，傷害每個心靈脆弱的人。」

「什麼海浪？」節目導演聽得皺眉，「我聽不懂。但是，妳知道剛剛小靜唱〈夜雪〉的時候，我們節目收視率有多高嗎？百分之六！連網路算進去是百分之二十！這可是三十年前電視頻道只有有線三台時的收視率，以現在的影視而言，是多麼瘋狂的紀錄，妳知道嗎？」

「這不是收視率的問題。」鐵姑搖著頭，「而是歌的問題，她的歌和阿皮的〈松鼠〉不同，她歌裡的浪，帶著某種類似毒性的東西，我們現代人蝸居在城市裡，心靈已經夠脆弱了，她的毒一進來，怕會引發非常可怕的效應。」

「什麼毒？什麼效應？不過就是一首歌而已，講得像是瘟疫或是核子彈似的？」節目導演碎碎唸著，「不過就是歌啊，我承認我聽的時候，有想起自己曾經幹過的一些事，但，重點是收視率啊！」

「哎，我們身為公眾人物，有比收視率更重要的東西！」鐵姑眼神堅定，「所以我正式提出，如果她真的在全國投票中贏過了阿皮，我希望……能加入這條規則，就是比賽歌曲不能重複，也就是要讓小靜禁唱〈夜雪〉！」

「禁唱……」導演遲疑了一下，目光看向現場的其他兩人，也就是主持人和強哥。

「我懂鐵姑的感受，」向來能言善道的主持人，也在此刻陷入糾結，「我也懂歌，我也知道歌曲裡面瀰漫著一種……極度少見的懷念與悲傷，但是，小靜下一場的對手我們都猜得到是誰……那是一路上沒有敗績的夜之女王蓉蓉啊，如果小靜不唱〈夜雪〉，就會一面倒，好不容易營造起來的氣氛就會崩潰，這一場有史以來最經典的歌唱比賽，很可能毀於一旦。」

「是啊是啊，」導演看著鐵姑，苦口婆心地勸說，「鐵姑大大，妳知道我們收視率來到多少了嗎？整個歌唱比賽不斷累積的收視觀眾，在小靜這首〈夜雪〉時達到了頂峰，現在我們有機會挑戰更高，不只改寫所有歌唱節目的收視紀錄，更可能締造他人無法突破的高牆！鐵姑，妳就放棄這個提案吧！」

「那你覺得呢……」鐵姑抿著嘴，她將目光移向了討論小組之中的最後一人，是四人當中說話最有分量，但卻始終保持沉默的那個人，「強哥。」

「……」強哥眉頭皺著。

「強哥，你的意見呢？」導演也看向強哥，他很明白，在勢均力敵的此刻，強哥的意見將決定一切。

「對，強哥，你怎麼說？」主持人也開口，「該禁唱，還是不該？」

而強哥只是皺著眉，閉著眼，他思索著。

他腦海中的畫面一幕幕地切換著，小靜嬌弱身軀手抓麥克風唱歌的模樣，底下觀眾那沉默又完全無法離開的樣子，還有，真正讓強哥心臟緊緊縮起的，是他記憶中……那雙懸在籃球球框下面的腳。

那個永遠掛著堅強的笑容，在涼涼的夜風下，一罐又一罐啤酒的滋味，那個與自己相知數十年的夥伴……

小靜的〈夜雪〉，讓他想起這一切。

這樣的人，這樣的歌，真的該繼續被傳唱嗎？

「我……」強哥吐出了長長的一口氣，然後開口了。

「怎麼樣？」鐵姑、導演以及主持人，同時看著強哥，靜待他的答案。

「……」強哥慢慢地，一個字一個字地說著，如果這世界會因此而崩壞，就讓它崩壞後重新開始吧，「該讓她唱，如果小靜還想唱一次〈夜雪〉，那，就該讓她唱。」

如果這世界會因此而崩壞，就讓它崩壞後重新開始吧！

讓小靜唱吧，〈夜雪〉。

當陽世的人們正因為這首歌而神魂顛倒，陰界也因為這首歌而生死廝殺之際……這首歌的主唱者呢？

她，此時此刻，又在做什麼？

她，一個人，把自己縮得小小的，縮在攝影棚的空椅子上。

就過去的經驗而言，當一個歌手唱出了如此震懾全場的歌曲，後台必定聚集了許多歌手，嘰嘰喳喳地討論與讚嘆，不過，當小靜唱完了〈夜雪〉，卻沒有一個人靠過來。

那些曾與小靜交手，曾欣賞小靜乾淨歌聲的工作人員們，沒有一個人走過來。

他們並不是氣憤，也不是討厭，更不是刻意地排擠小靜，他們是完全沒有辦法靠近。因為那首歌都影響了他們此刻的心情，過去那些珍貴無比，卻又不忍卒睹的回憶，此刻有如一場夜之雪，在他們心中盤繞著。

他們是不敢靠近小靜，害怕自己心中的那夜之雪會下得更大、更冰冷，如同暴雪，更讓自己難以承受。

所以他們選擇讓小靜一個人安靜地坐著，讓她有如受傷的小野獸，蜷縮在椅子上。

但小靜的寂寞與安靜，卻只持續了幾分鐘，因為終於有一個完全無視暴雪的人，已經溫柔靠了上來。

一雙纖細的手臂，從背後環住了小靜的肩膀，就像母親對孩子無比疼愛的擁抱。

「小靜，」那聲音如此說著，語氣像哄著作惡夢的小孩，「不怕，不怕。」

聽到這不怕這兩字，小靜身軀微微一顫，馬上就放鬆下來，因為她知道這聲音是誰？是從歌唱比賽以來，一路陪伴著自己，一起練唱，一起面對每個難關，一起哭一起笑的那個人……

「蓉蓉，怎麼辦，我唱了……我唱〈夜雪〉了。」小靜眼眶紅了，「我沒聽妳的話，我唱了。」

「嗯，沒關係，」蓉蓉把小靜抱得更緊了，「真的沒關係。」

「而且我覺得，我會贏，會贏阿皮。」小靜的聲音顫抖著，「這首歌，好可怕。」

「嗯。」蓉蓉閉上眼，小靜那如海潮的嗓音配上〈夜雪〉的威力，蓉蓉早就猜到了，阿皮就算有著〈松鼠〉這樣問鼎冠軍的神曲，也不會是小靜的對手。

小靜與〈夜雪〉的組合，那有著如同海嘯般的威力，可不限於此時此地，它的渲染力更強更深遠，甚至能跨越這座城市，影響所有使用相同語言的人們。

這份致命的渲染力，會讓聽眾投票給它，也會讓評審與電視台為了收視率，保住它繼續往上走。

而保它繼續往上走的方法，那就只有一個……

「而且，總決賽，」小靜哭了起來，「我好像只能繼續唱〈夜雪〉。」

蓉蓉嘆氣，是的，就是這個方法，小靜已經用〈夜雪〉取得了冠軍戰的資格，若改唱其他歌，只會讓這場冠軍賽失色，所以電視台、聽眾、評審甚至是小靜自己都知道她唯一的路，就是再唱一次〈夜雪〉。

這深沉無盡的雪之夜，還沒有結束。

聽眾知道，他們都知道。

「小靜，妳知道妳冠軍賽的對手，是誰嗎？」蓉蓉的聲音，在小靜耳畔輕輕響起。

「嗯。」

「會是我喔。」蓉蓉溫柔語氣下所包裹的，是真正王者的氣勢，「我會擊敗那電動屁股周璧陽，然後來到和妳一樣的舞台。」

王者氣勢？

對，都快要忘記，整個歌唱比賽之中，沒有輸過半場，面對各式各樣的挑戰者，各種奇形怪狀的題目，都無法撼動地位的王者，夜之女王蓉蓉。

而且蓉蓉不只是王者，她在遇到小靜後，歌藝也不斷進化，不斷突破自己的極限，不單是她原本拿手的爵士快歌、熱歌勁舞和戶外開唱，年齡層從小到大，差到八十歲的聽眾群，飆高音鐵肺之戰，還有同類型與不同類型的挑戰者，一個接著一個臣服在蓉蓉腳下。

換句話說，如果有天蓉蓉成為了歌手，她會是那種足以問鼎歌后型的角色。

評審們知道，主持人知道，導演知道，連聽眾們也都知道。

蓉蓉，在她纖細的外表下，就像一艘不會被擊沉的超級戰艦，而且這艘戰艦更在這次歌唱比賽中，不斷精進自己的武裝，當歌唱比賽出現這樣的角色，通常最經典的結局會有兩種。

王者，證明自己是王者，而拿下冠軍。

第二種，更讓人熱血沸騰，那就是被另一個一路落後，不被看好的挑戰者，在最後一刻，逆轉了這位王者。

如今，主持人就是知道了此刻的局勢，如果王者真的被撼動，那這會是一場被人津津樂道十幾年的經典比賽！

這場比賽，不會只有收視率，而是成為傳世經典！

而這個挑戰者，想要擊敗王者蓉蓉，唯一的路，就是唱〈夜雪〉！

小靜唱〈夜雪〉有著獨特的魔力，就算唱第二次也不會令人生厭，甚至像是雪夜的延續，讓聽眾進入更深沉、更無邊無際的雪地荒原之中……

只是，沒有人預料得到，挑戰者與王者之間，其實累積了無與倫比的深厚關係，這關係替這場冠軍賽添加無法預知的變數。

蓉蓉已經猜到了小靜將再唱一次〈夜雪〉，那她該唱什麼歌呢？

是她拿手的爵士女伶唱腔？還是以燦爛陽光的歌曲來融化〈夜雪〉？蓉蓉是王者，沒有任何一種招數能難得倒她，只是她這次的對手，已經不是完美招數可以應對的。

蓉蓉到底要唱什麼樣的歌？來對付小靜的〈夜雪〉？

「小靜，我答應妳。」蓉蓉用力地摟著小靜，「我會用歌聲，把妳帶回來，不為冠軍，只為了……把妳從〈夜雪〉的世界帶回來。」

不為冠軍，只為了把妳從〈夜雪〉的世界之中帶回來。

我答應妳，小靜。

這一剎那，小靜想起了兩個人，是不是也曾和蓉蓉說過相似的話？

只是那兩個人，都消失了啊，蓉蓉，妳也會消失嗎？

第七章・亂鬥

陰界。

火雲邪神、時鐘假面和愛睏戰神三個陰魂，拖拉扛著天缺老人滿是繃帶的身體，東倒西歪地往前跑著。

而一道陰冷的影子，已經不知不覺地追上了他們。

「先讓你們嚐一嚐……」那陰冷的影子，說話字正腔圓，但話語的內容卻讓人膽寒，「隨機殺人犯的進化版吧。」

隨機殺人犯的進化版？

下一刻，火雲邪神感覺到一個東西撲到了他背上，伴隨著濃濁的呼吸和讓人分辨不清的囈語。

「社會對不起我，是環境造就我隨機殺人，我沒有錯，錯的是環境，錯的是社會，錯的是你們……」那聲音囈語著，「是你們……」

火雲邪神驚恐，右手一翻，此刻沒有了技，要靠的是他基礎的戰鬥武術，所以他動用了自己唯一拿手的火雲掌，就要將背後這東西拍落。

但火雲邪神的手才舉高過肩，就愣住了，原來他背後的東西，竟然是一顆頭顱，頭顱上面布滿了歪七扭八的縫線，發出奇怪囈語的就是那顆頭顱。

「這是什麼東西？」火雲邪神一愣，也是這一愣，讓他的火雲掌被眼前這頭顱一口咬住。

不只如此，這頭顱嘴巴不斷張合，不斷張合，竟順著火雲邪神的手臂往上咬著，轉眼，火雲邪神的整隻手臂已被吞噬殆盡。

頭顱一邊咬著，一邊碎唸：「就算我隨機殺人又怎麼樣？都是社會害我的，人權律師是這樣告訴我的，一定沒錯，我沒有錯，錯的是環境！」

「媽的啊。」火雲邪神在哀號，眼看頭顱就要吃上了他的肩膀，「這……？救命，這是什麼怪物？它在吃我，它要把我活生生地吃掉！」

當這隨機殺人犯的頭顱吃完了一整隻手，就要朝著火雲邪神的脖子，一口咬下之時……

一個時鐘出現了。

不，正確來說，是一個戴著時鐘面具的人，他發出吼叫，「得罪了啊，剛剛一起喝酒的同伴。」

說完，時鐘面具人雙手抓住了吃人頭顱，然後用力一扭，伴隨著火雲邪神手臂上噴濺的血肉，這吃人頭顱就這樣被扭了下來。

「你怎麼可以阻止我？我是受害者，人權律師告訴我，這一切都是社會的錯，我只是受害者，那位律師很可靠，他說他是第四隻猴子，他是弔客星……」

「見鬼的社會對不起你！」說完，時鐘假面已經將頭顱摜在地上，然後朝著地上猛力揮下一拳。

拳勁炸開，頭顱也跟著四分五裂。

「你的確可惡沒錯，但告訴你這一切都沒錯的人，其實更可惡。」時鐘假面咬牙。

炸裂的每片頭顱碎片，仍不斷囈語著，「是我的錯嗎？」「是我的錯嗎？」「不是吧？」「但是至少不用再痛了。」「被打碎反而輕鬆了。」「其實我就是不適應社會想死掉。」「幹麼用這麼殘忍的方式救活我呢？」「是我的錯嗎？」「一定會無罪的吧？」

數十片碎片消散，囈語終於也停了。

而剛剛被咬去一隻手臂的火雲邪神，躺在地上呈現半昏迷狀，雖然昏迷至少保住了一條命，剛剛如果讓這頭顱繼續往上，一旦火雲邪神的脖子動脈被咬上一口，血液大量噴濺，肯定就真正回老家，變成一團能量肥料了吧。

「呼。」時鐘假面呼了口氣，只是，當他頭正要抬起時，他卻發現一件奇怪的事，那就是他的肩膀上多了一個影子。

這影子和剛剛頭顱出現的狀態不同，沒有令人極度厭惡的重量感，或是骯髒濃濁的呼吸，反而輕柔滑膩，像是一抹勾在冰淇淋上的黑色甜果醬。

但不知為何，這黑果醬雖然輕柔，卻給了令時鐘假面渾身發冷的戰慄氣息。

「嘻嘻，你知道我是誰嗎？」那黑色甜果醬影子，在時鐘假面耳畔輕語著，「我叫作……松子呦。」

「松子……」時鐘假面聽著松子的輕語，身體不自覺放鬆了幾分。

「你猜我漂不漂亮？」松子的嘴唇在時鐘假面的耳邊說著，吐氣如蘭，「你想不想回頭看看呢？」

「一定很漂亮吧。」時鐘假面的面具上，分針和秒針合成幸福但痴傻的笑容幅度。

「那你要不要回頭看一下呢？」松子的聲音愈來愈甜。

「一定，要的啊。」時鐘假面緩緩回頭，回頭……

然後，他的雙眼也在零點零一秒之間，適應了松子臉孔的焦距，然後松子的五官也清楚了。

也就在清楚的瞬間。

時鐘假面發出了打從出生以來，最深沉、最恐怖、最淒厲的慘叫。

因為松子的臉，太可怕了，像是經歷了火燒、浸泡或是深埋在泥中直到腐爛的樣子，她的眼眶陷落，皮膚殘破，下方肌肉混著腐肉不規則抖動著，而在這張極度醜惡的臉上，竟然隱隱浮現了一個笑容……

「你說，想看我的臉？」松子的聲音依然如蜂蜜般甜魅，「給你看了，那你覺得我美嗎？」

「啊啊啊啊！」時鐘假面還在哀號著。

「不要忘記我的名字喔，」松子咯咯笑著，臉上的腐肉也一塊一塊剝落，「我是松子，我是第六隻猴子，我是指背星呢。」

也就在同一時間，松子真正的暗殺啟動了。她已經將腐敗與醜惡，傳入了時鐘假面的眼裡，再透過顏面神經竄入腦，眼看就要讓時鐘假面當場斃命。

就在時鐘假面絕望得要閉眼受死時，他耳中傳來一個懶洋洋的愛睏語調。

「喝酒的夥伴，得罪。」這聲音是愛睏戰神，「要救你的命，得取下你的雙眼了。」

雙眼？

只見愛睏戰神的雙指咻的一聲，插入了時鐘假面的眼眶，牙一咬，硬是掏出了這一切死亡的源頭，雙眼。

「我們陰魂即使殘缺，也不至於會死，將來找到神醫也許還能復原，不怕的。」愛睏戰神嘆息。

時鐘假面被松子重創，又失去雙眼，頓時脫了隊。

扛著天缺老人繼續跑的，只剩下愛睏戰神一個了。

他的肩膀上扛著被繃帶包成木乃伊的天缺老人，持續往前奔跑著，事實上，愈來愈多不隸屬於任何一方的陰魂，都跟了上來。

他們倒是沒有說話，縱然不夠強，但他們緊跟愛睏戰神的含意非常明顯，他們也要保護天缺老人。

他們雖然低調沉默，但也在守護心中的那塊記憶，陰界黑幫曾經的輝煌年代。

只是，愛睏戰神已經連續倒了兩個夥伴，第三個刺客，又會怎麼降臨呢？

這一次，又是影子，一大團擾動混亂影子，已經逼近了愛睏戰神的背後。

以叫聲慘而言，本以為遇到吃人頭顱的火雲邪神，或是看到美聲鬼臉的時鐘假面，已經是慘叫的極限了……

萬萬沒想到，當這一團影子罩住了愛睏戰神，他叫聲慘烈的程度，竟然可以再更上層樓！

因為他所遭遇的，是爬滿他全身，令他全身又癢又痛，古怪而可怕的……蟲！

「這種蟲，叫作脫脫蟲。」一個低沉磁性，充滿男性魅力的聲音，在愛睏戰神的耳邊響起，「是B級陰獸，戰鬥力弱了點，但卻是我最愛的蟲子之一，你知道為什麼嗎？」

「啊啊啊！」愛睏戰神只覺得這些蟲，那尖銳的六隻腳，在爬行過程中，不斷透過衣物刺著自己的皮膚，讓他覺得，好癢好癢，好痛好痛，痛苦到令他快要抓狂，只能放聲大吼！

「因為，牠們會讓你……」那聲音如此說著。

好刺、好痛、好癢，愛睏戰神嘶吼著，在這些難以忍受的感覺之下，愛睏戰神一手抓著天缺，另一隻手忍不住開始抓住了衣服，扯開、撕裂然後再扯開、撕裂……

在這過程中，被蟲子騷擾到幾乎發狂的愛睏戰神甚至沒有察覺，他的指尖已經不只是衣服的碎片，而多了點點的豔紅色鮮血。

而那些指尖的鮮血中，沾黏著碎屑的薄皮，那些薄皮，正是愛睏戰神親手從自己身上的皮膚給抓下來的。

「脫脫蟲，顧名思義，就是要你脫光光。」那低沉男音如此說著，「脫光你的衣服，再讓你自己脫光皮膚，而且……」

愛睏戰神的全身上下爬滿了這類似小黑天牛的蟲，大叫大嚷著，他不斷抓著，渾身都是鮮紅抓痕，可以說是體無完膚，慘不忍睹。

「一旦被蟲爬滿全身，只要沒死透，就會繼續脫……」那聲音陰沉到令人發顫，「脫到見了骨，脫到了內臟垮落一地，也是有的啊……」

「啊啊啊啊。」愛睏戰神吼著，忽然，他眼睛用力一閉，像是在唸咒般低吟著，「睡、覺！」

蟲繼續爬，他的手也無法控制地抓著，身上的皮膚愈來愈少，鮮紅的部分也愈來愈多……

「睡——覺——！」愛睏戰神又喊了一次。

「睡覺？你以為睡覺就不會痛了嗎？」那聲音繼續笑著，「如果你睡著就能不痛不癢，那麼我的名字就不叫操蟲師，我就不是第三隻猴子了！」

「睡，睡……睡……睡覺！」愛睏戰神又再喊了一次，奇妙的是，這次的睡覺兩字節奏有了改變，聲音拖得較長，竟帶了點愛睏的味道。

「嗯？」

「睡……睡……覺……覺……覺……」愛睏戰神繼續喊著，配合著身體自然晃動，帶著濃濃鼻音的語氣，睡覺的氣氛，又增添了幾分。

奇妙的是，當他愈有愛睏的感覺，手上抓癢的速度也就跟著減慢了……

「這是？」

「我……愛睏……戰，戰神……」愛睏戰神如此說著，「打架打到一半，想睡覺，也是正常的啊！」

說完，他的手緩緩垂下，不再抓癢，身上的傷口也不再增加，更神奇的是，身上的那些脫脫蟲，原是以宿主皮膚下血液與恐懼為食，一旦愛睏戰神停止了抓癢，脫脫蟲也一隻隻掉了下來。

「原來，睡覺是你的技啊。」聲音的主人，正是操蟲師基努，更是當時琴他們要進入颱風之前，曾經拜訪的那家小店主人，「脫脫蟲的能力被你抑制，也算是一號人物，給你尊重，那我就用上我珍藏的第二款蟲吧！」

第二款蟲，愛睏戰神在半夢半醒之間，忽然感覺到一陣風。

這風的感覺，與大地或城市裡自然生成的風有些不同，像是刻意被製造出來，賦予了某種方向，某種斜切的角度，危險而令人不安的風！

「我得……再睡熟一點！」愛睏戰神打了一個哈欠，拚命收斂心神，想讓自己進入更深沉的夢鄉，因為那個夢鄉，才能讓他發揮超過百分之一百的力量。

但是，他才剛睡得更熟，忽然，他感覺到這股不自然的風，竟然將自己團團圍住了。

風緊緊繞著自己，每一股風，都像尖刀般鋒利，輕輕擦過，就是鮮血直流。

「這也是蟲？」愛睏戰神喃喃細語，而他耳畔的聲音已經做出了回答。

「是的，這也是蟲。」基努如此說著，「這是我所收藏的第二款蟲，牠們可是A級陰獸……牠們就叫作，怒風之蟲，牠們生於風，長於風，最愛吃怒風高麗菜，牠們本身就是風，是專門切割旅人的惡毒之風！」

專門切割旅人的惡毒之風……愛睏戰神臉上浮現苦笑，感受這怒風之蟲的氣勢，他知道他唯一能做的只有，睡！

他只能睡，拚命睡，靠著熟睡時所產生的屏障，讓自己留下最後一口氣，不要灰飛煙滅。

由蟲子組成的迴旋之風，將愛睏戰神緊緊包圍，而且這風愈旋愈小，離愛睏戰神愈來愈近，轉眼間就要將愛睏戰神連同他所扛著的天缺老人，攪成一杯美麗但不美味的血肉水果牛奶。

「接好啊！」愛睏戰神在最後一刻，終於讓自己陷入最後沉眠，而這最後力量的提升，卻只為了做一件事。

把天缺老人從怒風之蟲的迴旋風中，給扔出來。

天缺老人滿是繃帶的軀體，撞破了迴旋之風最薄弱的上側，飛上了天空，然後再緩緩下降。

接住他的，共有二十雙手。

每一雙手都不粗，都不大，也都不強壯，但每雙手卻都有著和愛睏戰神、時鐘假面、火雲邪神相同的理念。

他們要保護心中曾經美好的那段黑幫歲月，所以，他們知道就算自己不過是螳臂擋車，過了這首歌的時間，他們就會成為一團糞土，他們還是伸出手，接住了天缺老人的軀體。

「吼啊！」所有的人，轉身，開始往前跑，「保護天缺老人啊。」

「這群混蛋啊。」基努從人群中現身，而他的背後，湧現一大團各式各樣的蟲子，長著翅膀的，有著野獸獠牙的，附著人臉五官的，發出尖銳笑聲的蟲，全部都是蟲！

「給我撕了他們！」基努手一比，蟲子嗡然一聲，飛向扛著天缺老人而跑的陰魂。

就在蟲子要咬上那群人時，一雙手，盤桓飛舞，硬是擋住了這群蟲。

這雙手，上頭沾著鮮血，他剛剛才出現過，擋住第一波對天缺老人的惡攻。

他，是貫索。

只見他胸口剛剛被黑矛貫穿的地方還淌著血，胸前一大片殷紅，但他仍不斷舞動雙手，雙手隱隱浮現野獸形影，那是四獸拳中最擅防禦的，豚拳。

豚拳也許無法以極端的破壞力瞬間殺敵，但卻擁有完美的禦敵守護能力，所有的蟲，就這樣被貫索的雙手拒於一尺之外，任憑牠們露出尖牙、拍動翅膀、伸出爪子，都無法突破貫索的豚拳防禦。

「好一個貫索，受了這麼重的傷，還有這樣的實力？」基努沒有再追擊，他反而緩緩隱匿回人群之中，畢竟，他隸屬十隻猴子集團，這樣的暗殺集團，是絕對不能高調的，「但你覺得，自己還有一點點勝算，來保護這個老頭嗎？」

你覺得，自己還有一點點勝算，來保護這個老頭嗎？

貫索雙手揮舞著，他緊抿雙唇，不發一語。

當了天缺老人的幕僚那麼久，他最擅長的正是觀察局勢，眼前這一局，他捫心自問，真能護得住天缺老人嗎？

一開始的刺殺，只有那個拿著黑矛的小子，趁著歌聲海嘯時展開突襲，也許有驚險，但並非是毫無生路的死局。

但隨著小子背後支援的力量一一浮現，尤其是那隱形的蛇群，貫索幾乎可以猜出背後主謀是誰？以及那名主謀所代表的組織？

那是六王魂中的女獸皇，能操縱十二大陰獸隱蝮的女王，月柔。

而月柔所代表的不只是政府而已，更是政府之中最核心也最致命的……天岳老人勢力！

天岳老人要剷除天缺老人嗎？貫索嘆了一口氣，讓他擔心的還有另外一股勢力，那就是一路上不斷追殺而上的那些殺手，他們，應該是在陰界消聲匿跡已久的「十隻猴子」。

十隻猴子行事風格詭異，唯恐天下不亂，他們不屬於強勢統治的政府，也不屬於講信重義的黑幫，他們既邊緣又危險，而他們……也想殺老幫主？

如今，貫索能依靠的，只剩下黑幫自己了。

現場的黑幫，以勢力來說，道幫之後，再來就是紅樓，紅樓在那神秘長髮少年的瘋狂介入之下，天姚星已不得不出手站在道幫這邊。

另外，和黑幫頗有淵源的政府軍獨飲，也展現其天地無畏的霸氣，掄起青龍偃月刀，就是要照著自己的意思，保護天缺老人。

而目前裹足不前的，是現場黑幫的第三大勢力，海幫。

這一對夫妻幫主，龍池鳳閣，也是名氣響徹黑幫的人物，但他們卻在這場暗殺行動中選擇按兵不動，無非是顧忌勢力如日中天的政府，不想捲入這場紛爭，避免二級幫派海幫在之後遭到政府報復，有滅幫之禍。

他們的決定，理性且正確，但就是少了點什麼……少了點黑幫人最重要的一個字：義。

姑且不論海幫的躊躇不前，其實讓貫索感到憂心的是，暗殺勢力是否包含道幫自己？

他知道，天缺老人多年未踏出門戶，所以這場陽世歌唱大賽，貫索特地精挑細選過道幫的護衛，這些護衛過去的紀錄都對老幫主忠心耿耿，可靠且有實力。

但如果這一場從一開始就是殺局，那麼目標恐怕不只是老幫主而已，甚至包含了老幫主身邊的這群夥伴……只是，究竟是誰會想將老幫主以及他身邊的舊勢力一網打盡？

光想到這裡，就令貫索感到不寒而慄。

這一次殺局的背後，牽涉之廣，主謀勢力之大，令人膽寒。

就如那位操蟲師所言，「你覺得，自己還有一點點勝算，來保護老幫主嗎？」

貫索心裡很清楚，沒有了。

除非有奇蹟，不然這場殺局強弱太過懸殊，不只是老幫主，包括所有想要保護老幫主的勢力，都會在今晚完全覆滅。

「跟著老幫主這麼多年，我是一個如同影子般的存在。」貫索罕見的，多說了些話，「影子最大的長處，就是觀察……所以我很清楚，這一局除非奇蹟，不然我們是死定了……」

「喔？」

「但不知道為什麼，我還是想繼續守護下去。」貫索張開雙手，四獸拳中的豚拳，化成一張絕對不容被侵犯的防禦網，將殺氣騰騰的蟲子們全部阻擋在外，「因為我打算相信一次……」

「相信什麼？」

「相信，」貫索滿是血污的臉上，細細的眼睛閃爍著燦爛而堅定的光芒，「奇蹟，終會降臨在我們身上，天佑黑幫。」

天佑，黑幫。

陽世。

總決賽即將在三分鐘後展開，主持人的左右兩側，正站著冠亞軍的最後競爭者。

「我的左手邊，是雖不被看好，但卻一路唱到了冠軍賽的選手……」主持人說著，「海之聲，小靜！」

鏡頭帶到了小靜，小靜露出一如往常的害羞笑容，但和過往不同的是，聽眾席沒有傳出充滿鼓勵的掌聲。

也許是剛才〈夜雪〉帶給聽眾那瀕臨死亡深淵般的震撼，讓所有人不知道該如何表達情緒，只能沉默，連噓聲都沒有發出一聲的死寂。

但，就在這時候，一個掌聲響了起來，他是被打敗的四強選手臭屁王，啊，不是，是周壁陽，他成為會場唯一鼓掌歡呼的人，而且他的拍手極為用力，用力到奮不顧身，用力到熱情如火。

他的掌聲如此賣力，把大家都給逗笑了。

「一個人鼓掌也可以鼓得這麼有勁，算你厲害啊。」大家笑著。

「好啦臭屁王，啊，不是，是周壁陽，我算是記住你的名字了，你是我見過最擅長『一個人用力鼓掌』的人。」

「很奇怪，剛剛本來有點怕怕的，聽到這好笑的掌聲，心情比較好一點點了。」

「周壁陽，恭喜你有新綽號。」整件事最後收尾的人，就是主持人，「你不再是臭屁王了，你是『一個人的掌聲王』！」

聽到這句「一個人的掌聲王」，現場傳來了一片笑聲，也是這笑聲，打破了死寂的沉默，氣氛頓時放鬆不少。

在這片暖暖的笑聲結束後，主持人把麥克風遞給了小靜。

「現在，時間交到妳手上了，請告訴我們……」主持人慢慢地說著，「妳的總決賽，打算唱哪一首歌呢？」

「總決賽，我選擇的歌曲是……」小靜雙手握著麥克風，嬌弱的聲音中帶著一股任性與決心。

現場，再度安靜。

小靜聽到自己的心跳聲，正在加速，如雷鳴，如地震，但心情卻如無風海洋般平靜。

「是，請讓我再唱一次……」小靜語氣平淡，且堅定，「〈夜雪〉。」

當〈夜雪〉再度降臨，世人會怎麼看待這首歌呢？

幾乎所有人都做出了同樣的事，他們將電視打開，將手機螢幕打開，將音量鈕轉開，將一切都做好了準備。

他們已經準備好再聽一次〈夜雪〉，只是，在做這些事情之時，卻沒有太多話語，幾乎是沉默的、安靜的，又或許是期待與恐懼混雜的，一起守候著這首歌的再次降臨。

第一次的〈夜雪〉，讓他們和強哥一樣進入了時光的黑洞，也在那沉寂的黑洞中見到了那個悲傷與懷念的自己。

而再一次〈夜雪〉呢？他們有預感，將會帶他們到黑洞內，更深，更死寂，更不忍卒睹的神秘之地。

那也許是襁褓時被母親擁抱的自己，也許是因為無理取鬧而被父親痛打的自己，也許是幼年所養的小狗過世的午後，又也許，更深沉的也許，是那些早已被自己忘記，但卻深烙在內心深處，無聲無息影響著自己生命的……那段回憶。

於是，所有人都不再說話，究竟是他們自己決定？還是被歌曲決定？他們都將再一次回到那個深夜，飄著冰冷美麗白雪的深夜裡。

〈夜雪〉，即將再次降臨。

第八章・一百年，太長了

陰界。

倒地的，愈來愈多了。

而且多半是道幫的老幫眾，以及那些資歷較深的陰魂，他們從四面八方不斷往天缺老人的方向湧來，試圖以生命來保護天缺老人，但卻在暗殺者一波接著一波的攻勢中重傷倒下。

「保護天缺老人！」所有的黑道陰魂怒吼著，「把命令傳下去，保護天缺老人！」

保護天缺老人！

這些飲了酒，失去技，但仍有體術的陰魂們不斷湧入，透過各式各樣的方式，召喚周邊的魂魄，來這裡阻止天缺老人被殺！

「三大黑幫的十字幫已經滅幫，紅樓根本就是政府的走狗！倘若道幫幫主再死，只剩下僧幫可以和政府抗衡了！」陰界的子民們不斷地把消息外傳，想引來更多的陰魂加入混戰。

在歌唱舞台周邊的陰魂們，他們也意識到這場暗殺正在瘋狂進行著，但他們的決定卻不盡相同，有的遲疑，有的停滯不前，有的則義無反顧地往會場衝來。

不可以讓天缺老人死！

陰魂們趕到現場，卻被現場狀況所驚嚇，因為這場暗殺的規模之大，下手人數之眾，已足以列為「戰爭」兩字。

天空中，一圈又一圈帶著利刃的龍捲狂風，正轟炸著整個音樂會場，凡是手腳被狂風捲入的陰魂，立刻斷手斷腳，支離破碎。

龍捲狂風的召喚者，不是人，而是一頭黑色猛犬。

只是龍捲狂風雖然狂霸，卻被阻斷在天缺老人的十公尺外，原因是一把泛著月光的大刀。

大刀被一雙粗壯的手握著，每一下揮舞，都讓刀光與月光完美融合，揮出又燦爛又暴力的一刀。

就是這些刀氣，一刀一刀的，阻斷了來自天空的龍捲風。

這握刀之人還不時發出大笑，「過癮，過癮，自從黑幫和政府不打之後，我獨飲已經很久沒有打得這麼過癮了啊。」

天空黑狗咆哮，又是一個龍捲風從天而降，炸向獨飲，但又被獨飲的刀，由上而下，筆直地切成兩半。

「嘯風犬，你果然是一個對手啊。」獨飲繼續大笑。

戰場上，可不只有切割人的龍捲風，和拿著大刀亂揮的瘋狂男人……這裡還有數以千萬計的毒蛇，毒蛇在戰場上亂竄，不管敵友，不論人獸，幾乎是纏住就咬。

但若仔細看去，毒蛇正朝同一個方向湧去，那人全身上下都已經被毒蛇纏繞，繞成一團不斷蠕動的蛇球，但他的雙腳卻依然不斷地甩動，每甩一下，就是數十條飛上了天空，然後爆成彩色蛇漿。

毒蛇這麼兇猛，也沒有辦法完全克制這男人嗎？

不只如此，這全身被毒蛇包圍住的男人，正和另外一名女子聯手，合戰身軀巨大的隱蝮。

隱蝮在空中時而現身，時而消失，透露著燦爛美感，遠遠看去竟有如藍天中的輕盈白雲，但若稍有道行之人，都能感覺到每次隱蝮現身時，那令人全身戰慄的危險性。

與隱蝮互鬥的是一頭老虎，不，是一個身形有如猛虎的女子，她以雙拳為武器，拳頭如虎牙，和隱蝮抗衡，雖然時常屈居弱勢，但靠著那名被毒蛇捆住的人出手相助，往往能勉強拉回平手。

「天馬，你全身上下都被毒蛇捆住，還好嗎你？」猛虎女子在激戰中，低聲問道。

「可以。」這名為毒蛇所包捆的男人，正是天馬，「天姚，我沒有問題，這些毒蛇傷不了我……而且我覺得……」

「你覺得？」

「我覺得，自己正在變強。」天馬的聲音，從蛇群中傳出，又是一個抬腿，甩去數十條色彩斑斕的毒蛇，然後毒蛇在空中再次炸裂。

「正在變強嗎？」天姚一邊用盡全力打出虎拳，一邊眼角餘光看了天馬一眼，忽然，她有種感覺，為什麼這些毒蛇只找天馬而不找自己？

因為這些毒蛇知道，誰才是對隱蝮真正有威脅的人……所以牠們不斷捆住天馬，只為了抑制天馬隨時可能爆發的無窮潛力。

想到這裡，天姚的嘴角，莫名地揚起了。

她早就知道，這個當年如一張白紙的小陰魂，其實充滿了潛力，不然她也不會慧眼獨具把天馬放在自己的身邊。

天姚微笑了，她肯定自己，絕對沒有看錯人。

除了嘯風犬與隱形隱蝮的大戰之外，人群之中，不斷有各式各樣的暗殺者潛伏，並伺機出手著。

這些殺手中，有操蟲師操縱各種蟲發動攻擊，帶著風刃的蟲，讓人皮膚潰爛的蟲，專門從人耳中鑽入，以人腦為食的蟲，還有體型如同大牛，會一口吞掉陰魂的大蟲。

還有操縱著各種罪犯，把罪犯變成活死人般的怪物殺手，還有有如一縷陰影般四處飄動的女殺手。

這些殺手的共通之處，就是他們都沒有露出真面目，他們不但是操縱者，也是隱藏者，周圍陰魂的屍體不斷往上堆疊，由此可知，他們是如何在這場追殺天缺老人的戰役中，痛快且瘋狂地屠殺著。

暗殺者甚多，武力甚強，但這場戰役的真正核心又在何處呢？

就在天缺老人的所在地，舞台的正前方，那是一個手握黑色長矛的男人。

他是如此的名不見經傳，以致幾乎沒有人能喊出他的名字，但過了今晚，所有人將會記住他。

柏！

是他親手啟動了這場壯闊慘烈的殺局，是他的長矛不斷逼退前來保護天缺的侍衛，最後可能也是他，即將親手了結這個享譽數百年的十四主星之一，巨門星天缺老人。

他手上的黑矛，如暴風不斷揮舞著，將每個衝來保護天缺老人的魂魄、侍衛、勇者和戰士，一個個擊退。

每個被黑矛刺傷的人，身上都迸裂出巨大的紅色傷口，鮮血狂濺，但，當場斃命的卻一個都沒有，不知道是黑矛的主人功夫不到家？還是手下留情？

保護的人紛紛被擊退，只有一個人自頭至尾都沒有退讓半步，他以赤手空拳舞動著獨門拳法，拳法中隱隱透出龍龜形影，展現其強韌的防禦形態。

無論多少援軍倒地，都無法改變這人奮戰到底的意志，他是貫索，數百年來守護在天缺老人旁的那個沉默影子。

「奇蹟，一定會來。」貫索揮拳著，身上的血愈來愈多，模糊了他的視線，遲鈍了他的五感，但也許就是這樣，讓他這套專司防禦的「豚拳」，變得無欲無求，也變得毫無破綻，竟在黑矛、毒蛇、狂風以及各種光怪陸離的攻擊之下，硬是挺了下來！

另外一片混亂的會場中，卻有一組人馬非常的特異，因為他們始終按兵不動，這組人馬的領袖，雙拳緊握，拳上的青筋暴露，顯然正在強壓著自己的情緒。

「……」這個人，數分鐘前就已經不發一語，直盯著眼前的戰場。

而他，自然就是龍池。

為了安撫隨時要往前衝的龍池，鳳閣在耳邊軟語著。

「龍，這場暗殺明顯是政府核心親手策劃，你若是出手幫了天缺老人，海幫多年來經營的一切就會毀於一旦，我們也許可以不管自己，但海幫萬名幫眾，以及他們的妻兒，我們總得想想啊。」

「……」龍池依然無語，只能緊握雙拳，任憑拳上青筋暴露。

「龍……」鳳閣雙手握著龍池的右手，低語呢喃，她捨不得龍池遭遇危險，更不忍這樣平淡而美好的生活，因為這一仗而徹底改變。

「鳳，我……」而就在此刻，龍池轉過頭來，凝視著這個他深愛的女人，他剛硬的五官，露出了一個歉疚的微笑。

鳳閣抬著頭，這一剎那，她的眼眶盈滿了淚水。

也就在這龍池與鳳閣對望的瞬間，一個全新且粗暴的變數，注入了這場戰局，其力量之強足以將僵局徹底打破！

一首歌，一首陽世的歌，再次從地平面滾滾升起了一道巨浪。

海浪夾帶著陰魂們最鍾愛的酒氣，不斷往上拔高，直到遮蔽了半邊天空。

然後，在千雙眼睛的注視下，這酒之海嘯，安靜的，莊嚴的，完全沒有半點躲藏空間的，落下。

在濃烈而狂暴的酒氣之內，所有的陰魂們都懂了，它，竟然又被唱第二次了。

它，就是〈夜雪〉。

小靜又唱了第二次〈夜雪〉了！

陽世。

小靜雙手緊握著麥克風，她其實忘記自己是怎麼用雙手緊握著麥克風，怎麼輕啟雙唇，唱出第一個音符的……

她忘記了。

都忘記了……

她只知道，歌聲與音符正帶著她，在緩緩落下的雪中，悠緩地往前滑行著。往前滑行的過程，她看見了那些被自己放下，被自己遺忘，甚至是更遙遠、更神秘，有如前世記憶般的景象。

而墜入回憶深淵的人，不只小靜，還包括現場每個側耳傾聽的人們，每個專注於眼前螢幕的人們，還有掛著耳機緊盯手機坐著捷運的人們。

他們都忘記了這首歌是怎麼開始的，只記得自己隨著音符正往前滑行著，那些曾經珍藏卻又失去的美好記憶，那些椎心刺骨被深埋於內心的片段，甚至是，一些連人們都已經無法分辨的片段，都在歌曲之中，湧現上來。

「好痛，真痛，痛得好美。」鐵姑閉著眼，右手抓著胸口，「痛得我的心，都快要揪起來了。」

「是啊，真痛，雖然痛，但就是讓人忍不住想要一直聽下去。」強哥低語，他想起那六罐啤酒，那籃球場上的約定，眼神已經一片空茫，「就是想聽下去，就算被〈夜雪〉吞噬，也想要繼續聽下去啊。」

小靜的第二次〈夜雪〉，威力非但沒有稍減，反而像是第一次〈夜雪〉的續曲，繼續帶著所有的聽眾，進入更深沉的夜晚，更深沉的記憶。

數十萬雙耳朵，此刻正專心一志地聆聽著。

第二次的〈夜雪〉，也是更危險的〈夜雪〉。

一如，陰界陰魂們所看到的……迷人且危險的海嘯！

歌聲海嘯不斷拔高，高到足以遮蔽了半個天空。

而在這高聳的歌浪之下，數千名陰魂正忘情地廝殺著，他們踩在同伴或敵人的屍體上，揮舞著手上染血的兵器，或大哭或大笑，為了殺人或是為了保護，殺得難分難解。

然後嘩啦一聲，高聳的酒浪牆轟然垮下。

也在這瞬間，陰魂們的動作微微停頓了，也許是濃烈的酒氣影響，也許是酒浪影響了視覺，更也許是陰魂們太愛酒，不自覺地張開了嘴巴去承接噴濺而來的酒沫。

無論是什麼也許，當所有人的動作都停滯時，有一個人的動作卻沒有絲毫改變。

也許他擁有更堅強的意志，又也許聽過了太多次這樣的歌聲，又也許內心有著更多他想保護的人與事，所以，他沒有被酒浪影響，他手上的黑矛，在這一刻精準地遞了出去。

黑矛穿過了貫索的豚拳之網，因為就連貫索這樣剛強的人，都因為狂洩而來的歌浪短暫地失去了行動力。

「貫索，遺憾，你究竟是一般的陰魂，在海嘯之下會失去行動力。」黑矛之主，柏，用全身的力量將黑矛送了出去，「漫長且混亂的殺戮，就在這一矛結束吧！」

只見黑矛化成一條筆直的黑線，穿過密集卻停止的拳網，來到了天缺老人的胸口。

被白布包裹得如同木乃伊的天缺老人，睜著一雙眼睛，看著矛鋒先是抵著自己的胸口，然後噗的一聲沉了進去，一大片鮮紅，在白布間暈開。

「結束了，天缺老人，我敬佩你，但你的時代已經結……」柏的雙手緊抓著黑矛，露出古怪表情，他發現，他的矛尖碰到了一個東西，「咦？」

一股力量，從天缺老人的背後而來，是那股道行，抵住了矛鋒，讓矛鋒停在天缺老人胸口處，僅僅刺破了肌膚，再也無法往前推進。

「是誰？」柏感覺一股力量，有如海水，一波接著一波，而且還有著攻防極度平衡的特性……

這樣的平衡，讓柏想起了一套拳法，是四獸拳中的一套拳法！

龍拳？

「你果然還是出手了……」柏感覺到在天缺老人身軀之後，有股力量有如海浪般，一波一波，翻湧而來，「海幫之主，龍池。」

「沒錯，是我。」天缺老人身後，一個男人已然站定，他以雙掌抵住天缺老人之背，神情剛硬，彷彿下了無比決心，「就算隔了千萬個日子，我也不會忘記自己身體流的血，我是黑幫。」

「嗯。」柏凜然看著這個全身飄散著海氣息的男人，「你想清楚，如果你出手會有什麼樣的後果了嗎？你可是扛著千條生命的海幫幫主啊。」

「這一次的出手，屬於我個人行為。」龍池咬著牙，他右手朝自己左臂一抓，竟將上頭那張刺了海幫圖騰的刺青，直接抓下，滿手鮮血淋漓，「從此刻開始，我正式脫離海幫了！」

「正式脫離海幫？」柏笑了，「我敬你的氣魄，那，我就給你一個痛快吧！」

說完，柏雙手握住黑矛，以全身之力灌注，頓時將龍池的力量推回，黑矛又往天缺老人身上沉入了半分，鮮血再次往外暈開。

「哈，小子，就算你有破軍之矛，老子有的是海的力量啊！」龍池大笑，雙掌連拍天缺老人的背部，形成威武龍形，透過天缺老人的身體，再次反推柏的黑矛。

黑矛顫動兩分，再次停止了前進。

在距離天缺心臟僅僅三公分處，停了下來。

「很厲害嘛！」柏大笑，「果然是經歷過政府與黑幫大戰的男人啊，再來！」

柏再握緊黑矛，那來自十四主星中的破軍之力湧現，正因為此刻是小靜歌聲的停止時間，所有的「技」都被封印，一切只能拚純淨的道行與力量，柏體內純淨的破軍之力，更顯霸道威猛。

破軍的力量，化成可見的黑色狂風，盤繞著黑矛往前衝去，再次將龍池雙掌中的那頭深海猛龍，壓回了海底。

「哼。」只聽到龍池一聲低哼，他的掌微微退了一公分，也就是說……黑色破軍之矛再次靠近了天缺老人的心臟一公分。

兩公分，這是黑矛即將奪走天缺老人生命的最後距離。

「破軍?破軍？」龍池狂笑著，「對!對!我記得你的力量，哇哈哈，原來你回來了，當年黑幫的背叛者，你竟然還有臉回來!」

龍池狂笑中，全身龍形鼓動，數十條小龍，在他周身竄動，最後全部游向了他的雙掌，然後轟然一聲低鳴，黑矛矛鋒顫動，再次停住。

柏發現，就算動用了破軍之力，竟然也無法再往前推動半分。

好一個龍池，好一個海幫之主龍池，好一個……辭去海幫幫主，只求為黑幫自由精神而戰的男人啊！

「就算我此刻破軍之力尚未成熟，可是，我還有這柄矛啊……」柏眼中的光芒由冷淡此刻轉為炙熱，「破軍之矛，助我！」

黑矛呼應了柏的呼喊，原本就已經沉黑如夜的矛，竟然變得更黑了，黑得像是所有的光都被吸入一般的黑，在這片黑之中，隱隱透出狂風的吼聲。

龍池覺得自己的雙掌，像是被充滿利齒的藤蔓拉扯著，轉眼就鮮血淋漓，他猶如大海中翻騰的狂龍，全身浴血，張口嘶吼。

黑色的矛，又成功往前推進了一公分。

矛鋒距離天缺老人鮮紅跳動的心臟，只剩下最後一公分了。

「不退！」龍池一聲低吼，全身肌肉暴脹，震開了全身盔甲，「老子，絕對不會讓你殺了天缺老人，賭上我黑幫之名。」

「世事輪迴，代代交替，原本就是天經地義。」柏雙手握矛，他很訝異，因為打從他從颱風中歸來，在政府內部養傷，遇見那個讓他下定決心的女孩開始……已經很久沒有什麼能讓他這麼熱血澎湃了。

「不只，不退！」龍池狂吼，「我還要讓你滾出去！龍拳之『萬龍出海』！」

萬龍出海，當然不可能有萬龍，但龍池的拳頭已經幻化成數百枚炸彈，猛轟向天缺老人的背，這些拳頭穿過了天缺老人的背，一口氣擠向了黑矛。

柏感覺到雙手猛力顫動，黑矛加上自己原始星格之力，竟然阻擋不了龍池的拳頭，黑矛就要被龍池之拳，硬是擠出天缺老人的身體，然後……柏的暗殺，就要失敗了？

但也在這一剎那，柏再次緊握黑矛，「我說過，世代交替，是一種必然！」

「真正的陰界，無論政府或是黑幫，都該是強者居之！不然天下終究會再亂下去！」

柏怒吼，單手握矛的他，不但沒有被龍池的萬龍出海擊退，還爆發出更強大的力量！

在龍池眼中，柏已經不再是柏，而是一個身穿血紅色狂風戰甲，坐著地獄幽靈巨馬，手持裂天長矛的戰場死神。

然後，這個戰場死神，發出地獄鬼魂的怒吼，並將手上的矛，朝著自己，射了過來。

看著這矛愈來愈近，愈來愈近……龍池幾乎要鬆手，幾乎，但他卻沒有鬆手。

任憑自己的眼睛、鼻子、耳朵都噗的一聲湧出點點鮮血，他還是沒有鬆手。

「挺住了？」柏的臉，此刻像是戴上了半邊面具，一邊是他原本敦厚憨傻的新魂模樣，另一邊則是威武恐怖，從地獄深處爬回的戰神模樣，但無論哪一邊的臉，都在此刻露出詫異眼神。

「老子是黑幫，黑幫有這麼容易被嚇到嗎？哈哈哈哈！」龍池雙手再往前推，手上狂龍亂舞，透過雙手重轟天缺老人體內的黑矛。

「好一個黑幫！」柏感覺到手中黑矛猛然一顫，最後一公分，最後一塊城池的距離，就是跨不過去，硬生生停住。

「哈哈，你要輸了！」龍池大笑著，「這小靜歌手的歌聲要結束了，貫索等人就要清醒，所有的局勢，都要逆轉了！小弟弟，你要撼動黑幫精神，就怕還早一千年啊！」

時間就要結束了嗎？柏抿著嘴，雙手抓著黑矛……，他的背後，忽然傳來一個細微飄忽的聲音。

「堂堂破軍星，怎麼會奈何不了一顆乙等龍池星呢？嘻嘻。」那聲音如此說著，「我老早就和天相說，曾混過黑幫的人就是不可靠……」

「你！」柏一顫，他感到背脊寒意襲來，他知道背後的這個人，很危險。

而且是十四主星等級的恐怖與危險！

「我來讓你看看，真正殺人該有的樣子吧，小小破軍，咯咯咯咯。」那聲音說完，有如一縷幽魂般滑過了柏的肩膀側邊，然後往前滑去。

幽魂滑過的瞬間，柏不只感覺到冷，甚至感覺到濃濁的惡意，來自深夜叢林裡上百個冤魂的笑聲。

十四主星之中，到底是哪一個王，如此可怕？

答案，在下一刻，就已揭曉。

黑色，與白色。

兩個人，一黑一白，分別站在龍池的兩側，然後這兩個人，一個人用鍊子套住了龍池的脖子，而另外一個人，則高高舉起了手上利斧。

接著，斧頭，筆直地落下。

柏聽到，來自他身後，鳳閣的一聲淒厲哭喊。

「不要！」

斧頭落下，龍池的頭，這粗豪漢子，這曾經掙扎猶豫，卻英勇地選擇自己命運的男子，就這樣滾落在地。

緊接著被鎖鍊一收，就收入了白衣男子的腰間，變成小小一枚如同吊飾的頭顱，頭顱上龍池最後睜大雙眼，為他心中義氣奮戰到底的面孔仍栩栩如生。

白衣男與黑衣男同時轉頭，看向柏，然後兩個人又同時說話，聲線明明就是一高一低，說話的字句與節拍卻完全相符，給人一種不寒而慄的感覺。

「看到了沒，小小破軍啊。」這黑白男子這樣說著，「殺人該是這樣，乾淨俐落，懂嗎？」

「你……」柏感到全身血液逆流，「你知道你做了什麼嗎？」

「我殺了敵人？」那黑色與白色男子同時說話。

「不，你這混帳，你用偷襲的手法，破壞了一次男子漢的熱血對決啊！」柏怒吼著，他揮拳，朝著黑白男子的臉，硬是揍了下去，「你這混帳貪狼星黑白無常！」

貪狼星，十四主星之一，六王魂中掌管警察系統的極惡之王！

而當柏的拳頭就要打中黑白無常之際……一聲尖銳女聲，從柏的背後衝來。

「黑白無常！我要殺了你！我一定一定要殺了你！」那聲音的主人，哭著，帶著強大鳳凰氣息，衝向黑白無常。

而當她衝向黑白無常時，黑白無常面對這突如其來的攻擊，臉上卻只露出陰冷的笑，兩個人同時手一甩，一個甩出沾滿血鏽的鐵鍊，一個甩出鋒利短斧。

然後，那女音的主人挾著萬千氣勢，已經到了！

狂舞之中，隱隱可見其原本秀麗高雅之面貌，她正是龍池之妻，鳳閣。

「四獸拳，是數百年前某代主星武曲所創，以獸為心，以獸為拳，各成四大套路，龍拳攻防平衡，虎拳重攻，豚拳求守，猴拳講究的是速度。」黑無常聲音低沉，有如硬石互磨，讓人聽了頗不舒服。

當黑無常說完，又換成白無常開口，他聲音高亢，有如金鐵互擦，更讓人聽得耳朵發顫，「這四拳當年縱橫陰界，確實有點門道，不過數百年後各有傳人，傳人不和，以致四拳無法合一，既然無法合一……」

眨眼之間，鳳闍身形如電，已經到了黑白無常的面前，然後雙手呈爪，挾著火焰雷光，抓向了黑白無常的雙眼。

「既然無法合一，」黑白無常一低一高音，同時說話，「我又何懼之有？」

說完，鳳闍的雙爪已經插入白無常的雙眼，這一擊得手，但鳳闍沒有露出笑容，臉色反而一沉。

因為她知道自己的雙爪，並沒有傷到白無常分毫，因為，在電光石火的瞬間，鐵鍊橫亙，硬是擋住雙爪攻勢。

鳳闍咬著牙，雙爪十指插入鐵鍊縫隙，頓時被絞住。

白無常說著：「四獸拳中，猴拳徒有速度，卻沒威力，若是虎拳在此，我的雙眼可能已經沒了，可惜啊可惜……」

說完，鳳闍見到眼前黑光一閃，黑無常手上的雙斧已經掄飛而來，切向鳳闍頭顱。

鳳闍雙爪受困，狀似已經要步入龍池後塵，成為一個斷頭英雄！

但就在斧頭要劈中鳳闍瞬間，忽然爆出一陣金光火花，斧頭方向竟然已經歪斜，定神一看，竟是鳳閣抽出她的另一隻手，硬是震開了黑無常的這一斧。

「猴拳威力不足震開我的斧頭，這拳法是？」黑無常低沉的金屬音發出詫異呼叫。

「……」鳳閣的右手上，一股霸氣的龍形隱隱成形。

「龍拳？」黑無常臉色微變，「妳同時練成猴拳與龍拳？」

「我要殺了你。」鳳閣沒有第二句話，另一手再翻，掙脫了白無常的鎖鍊，並化爪為拳，硬是轟中白無常的胸口。

「哇。」白無常口中哇的一聲，往後退去，而鳳閣攻勢未停，嘶吼聲中，又不斷揮拳，她的拳，竟同時擁有猴拳的速度與龍拳的攻守兼備。

她不斷追擊著白無常，拳頭如雷，連續轟炸白無常的胸膛，轟得白無常口噴鮮血。

「我要殺了你！」鳳閣雙眼通紅，此刻的她，早已豁出一切，爆發自己真正實力，就是要替曾守護自己五十餘年的傻大個兒報仇，那個傻大個兒，就叫龍池。

也是這份狠勁，竟能重挫十四主星之一，位列六王魂的貪狼星黑白無常。

「哎啊，可惜現在不能用技，」白無常就算被打得節節敗退，仍不改臉上陰冷神色，「不然無限分裂的技一用上，妳就化成肉醬了。」

「……」鳳閣繼續揮著拳，每一拳，其實都飽含著她對龍池的思念，以及些許的悔恨。

她早該知道阻止不了龍池，就應該與他並肩作戰，但她卻沒料到黑白無常早已藏身於人群之中，所以來得這麼快，快到她連亮出實力拯救龍池的機會都沒有。

所以她哭，她怒，她絕對要在這裡，讓黑白無常付出代價。

就算她知道，她終究不會是黑白無常的對手，終究只是為龍池陪葬……

腳步，停住。

白無常的腳步，已然停住，不再後退。

「就算沒有了技，我還是十四主星之一呦。」白無常吐出長長的舌頭，露出陰森的笑，「退，是一個陷阱，只是為了反擊啊。」

陷阱？鳳閣一愣，突然身形一頓，發現腳下竟是一團團的鐵鍊，鐵鍊纏住她的腳踝，讓她無法再次往前追擊。

也是這一次停頓，讓白無常有了致命反擊的機會。

他捲動空空的袖子，袖子中暴現兩條如毒蛇的鎖鍊，朝鳳閣而來。

鳳閣看著這兩條鎖鍊毒蛇，突然有種解脫的感覺，這麼快，她就可以去找龍池了嗎？

她最後要做的一件事，就是將她的全部力量都集中到右拳，猴拳的速度和龍拳的平衡，奮力打出最後一擊，就算要赴死，也要讓敵人付出重傷的代價。

「我要殺了你！」鳳閣以生命為賭注，朝著白無常的臉，又長又噁心的舌頭，奮力揍下去的時候……

白無常的臉上，卻浮現了詭異的笑，笑容中，帶著敵人即將踏入陷阱的陰險。

但，同時間，另一件事情發生了，黑矛，橫在鳳閣的拳頭前面。

切入的角度如此精準，力量如此巧妙，讓鳳閣狂暴的拳頭必須改變角度，不然她的五指就會被切斷。

鳳閣被迫改變拳頭的角度和速度，下一秒，這根黑矛角度一翻一轉，以平平的矛面擊中鳳閣的肚子。

「啊！」鳳閣慘叫一聲，身體往後騰飛，而黑矛之主似乎不打算放過她，手持黑矛繼續追擊，以矛面一下一下拍打鳳閣的身體周身穴道，把她一路打回海幫的陣地。

鳳閣全身滿是污血，狼狽且重傷，倒在地上，卻見喉頭一陣黑光，正是矛鋒停在自己的面前。

「想拖白無常同歸於盡？」柏冷冷地看著她，「妳不會成功的，只徒然浪費自己的命。」

「我要……殺了……」鳳閣已然重傷。

「我說，妳還早了百年。」柏聲音低沉，一字一句，「妳要死，太早了，早了一百年。」

「一百年……」

柏沒有再說話，只是拿著黑矛壓著鳳閣，凜然地瞪著她。

在柏的雙眼中，原本瘋狂的鳳閣卻慢慢冷靜下來，她在柏的眼中，竟然看到龍池的影子，那專屬於男人的強悍、憨傻以及溫柔。

龍池是不是也像這個男人一樣，不希望她死？是不是？

一百年，好長耶。

鳳閣開始哭，不斷哭著，我不想獨活一百年，我不想在沒有你的陰界，孤單地活著一百年。

柏仍看著她，眼神沒有半點動搖。

鳳閣哭著，她知道，也許她可以死，但在死前至少得做到龍池生前最想做，但始終沒有完成的兩件事。

一件事，安頓好海幫的幫眾，避免他們被政府全面誅殺。

第二件……四獸拳在數百年前分拆成四份，鳳閣有天分能學會兩種，就必須繼續學下去，完成四獸合一之後，讓這專屬於黑幫與平民的拳法，繼續流傳下去。

她必須答應龍池，所以她不可以死，至少現在，不可以死。

但她還是想哭，用力地哭。

她哭著，哭著，直到她發現，那柄鋒利的黑矛早已經離開了她的咽喉，悄悄加入另一場戰局。

而戰局，也已經到了尾聲。

黑矛的矛鋒，已經轉向直指天缺老人的胸口，現在沒有了龍池，沒有了鳳閣，沒有了貫索……

他的矛，破軍之矛，終於可以毫無阻礙的，插入這百年老匠的天缺老人胸口之中了。

終於，就要完成這次刺殺了。

只是，事情真的如此容易嗎？

陽世。

〈夜雪〉的最後一個音符，在冬夜中，緩緩地，帶著藍色的冰晶，落到了地上。

冰晶映著月的光，慢慢地融解。

融解，一如此刻聽眾們的心。

這是最沉靜的時刻，卻也是最危險的時刻。

因為，深深閉著眼睛的聽眾們，此刻正在回憶的漩渦中優游著，沉溺著，快樂且悲傷的存在著。

之所以危險，因為，這也是最容易選擇死亡的時刻。

這些聽眾，甚至包括了經驗老到的強哥、鐵肺歌后鐵姑、主持過上百場音樂會的主持人、掌鏡的導演，以及現場的所有人。

一切，是這麼的平靜，卻也是這麼的危險。

生與死的界限，曾經那樣的遙遠，如今卻是近在咫尺。

在這時候，只要有一個聽眾，放下耳機，打開十二層樓高的窗戶，悠悠晃晃，臉上帶著悵然且溫柔的笑，用力一躍。

連鎖效應，從此啟動。

數十個、數百個、數千個，甚至更多、更多、更多的靈魂，都會在這首〈夜雪〉之後，步入終章。

小靜的〈夜雪〉竟是如此可怕？不，應該是當〈夜雪〉與歌唱比賽形態結合後，透過歌唱比賽這種反覆演唱，以及百萬人共同聆聽形成的集體意識，才讓這〈夜雪〉發揮了極恐怖的效力，它原本只是一團溫暖的黑暗，如今，卻已經長大成足以吞噬上萬人心靈的，巨大怪物。

〈夜雪〉，一曲終了。

這一切也即將終了嗎？

不，不是這樣的，因為下一個參賽者，已經在這片無聲的寧靜中，緩緩握住了她的麥克風。

只聽到她沙啞而低沉的嗓音，開口了。

「大家好，我是下一個參賽者，我是蓉蓉。」她如此說著，「我要發表我接下來演唱的歌曲……」

所有人抬頭，狀似聆聽，但心靈卻仍漂流在遙遠的國度中。

「我要演唱的歌曲，要獻給我這陣子最真摯的好友，」蓉蓉轉頭，看向了小靜，而小靜也溫柔回望著蓉蓉，「我要唱的也是……」

也是？

竟然，也是？

也是，〈夜雪〉。

〈夜雪〉。

竟然在今晚的比賽中，第三次被唱起……

「今夜，我一個人……」蓉蓉單手抓起麥克風，嘴唇輕吐，獨特的鼻腔共鳴，在演唱廳中迴盪著。

蓉蓉的聲音，是屬於夜晚的，是屬於疲倦的旅人，是屬於孤獨走了數個日夜，拖著沉重步伐，發現前方有著一座亮著燈的酒吧，於是推開門，看見舞台燈光下，有位吟唱女歌手的……那位旅人的。

歌聲悠長而低沉，有如餘韻久久的一杯老酒，飄著暖暖酒香，放到了旅人面前。

旅人很疲倦，因為他經歷了太多事，他看過山脈的豪壯，海洋的無盡，繁星的深邃，體驗過愛情的魔力，曾被小孩的溫暖所包圍……

但，如今這些快樂，卻成為他步伐沉重的來源。

他是孤獨的，是痛苦的，也是逐漸走入死亡深淵的旅人。

在他即將步入生命終途之時，他遇見了這間開在荒野中的小酒館，小酒館裡的老闆娘，暖好一杯酒給他，然後比了比舞台，破舊的小舞台上，一個女伶正單手拿著麥克風，輕啟了她的雙唇。

此時與此刻，旅人喝下了第一口酒，當酒氣沿著喉嚨滑落，第一個音符，如此深沉，又如此溫暖地，滑入了他的耳中……

「今夜，我一個人……」

他安靜了。

安靜的，不只是他的耳朵，還包括了他的心。

這顆包含了太多回憶，容納了太多悲傷，深陷在汪洋的心，正逐漸緩和下來。

因為這個荒漠中寧靜的小酒館，因為這杯有溫度的酒，因為舞台前輕唱的女子，也因為，這首她所唱的歌。

歌詞所唱的，正是旅人內心最悲傷之處。但也因為她的歌聲，在這獨特的氛圍中，卻悄然撫慰了旅人翻攪的心。

旅人在這一剎那明白了。

回憶，存在。

悲傷，存在。

痛苦，存在。

但，他該珍惜的，卻只是此時此刻，現在。

精疲力竭的旅程後，那杯暖暖的酒、美妙的音樂，以及……當歌曲結束後，那女伶對著旅人，所露出的甜笑。

過去多快樂多悲傷，旅途多艱苦多遙遠，都釋懷了。

沒事了。

旅人閉上了眼，緩緩吐出了長長的一口氣。

沒事了。

真的，沒事了。

一滴淚滑過臉頰，暖暖的，柔柔的，有如記憶深處襁褓時，母親安撫的大手，正輕撫過旅人的臉頰。

沒事，沒事了……

陽世，時間是九點零八分二十六秒。

第三次〈夜雪〉即將終了。

這個晚上，不算平靜，因為同一首歌，被唱了三次。

第一次的唱者是小靜，她引出〈夜雪〉之音，那深冷孤寂的夜，壓抑了來自山林松鼠的輕盈舞蹈。

第二次的唱者也是小靜，更深沉的〈夜雪〉，籠罩住了大地，籠罩住了千萬顆孤寂的心，領著他們到黑暗的懸崖邊緣，然後只差一步，就要一起墜入無際深淵。

而第三次的〈夜雪〉呢？卻已經不是小靜，而是她的冠軍賽對手蓉蓉，她執起了麥克風，放棄了自己苦練多時的拿手歌曲，再次重唱〈夜雪〉。

她的心情很堅定，目的也很明確，她不是為了自己，更不是為了冠軍，她再唱〈夜雪〉，只為了一個人。

她的朋友，認識雖然只有一年，卻宛如多年至親好友的女孩……小靜。

蓉蓉要救她，因為她知道，若是〈夜雪〉能將聽眾們拉入深谷，那麼墜入最深處、最絕望的靈魂，絕對會是歌者本身……小靜。

這個擁有如大海般歌聲，但內心卻比誰都溫柔脆弱的女孩，小靜。

陰界，同樣是九點零八分二十六秒。

這場轟轟烈烈的暗殺，也進入了尾聲。

柏的黑色大矛，再也沒有阻礙，終於要直插入天缺老人的胸口了。

柏很專注，雙手舉矛，筆直落下，他要在這裡結束一切，再拖下去，混戰蔓延，不知道又會有多少陰魂喪命，多少生離死別，多少悔恨淚水。

他對眼淚很冷漠，並不表示，他喜歡看到眼淚。

尤其像是鳳閣這樣的淚，這樣的號哭，會讓他想起記憶深處中，已經忘記的那些畫面，那個長髮任性的女孩，他與她分離的畫面……

所以，他要結束這場戰鬥。

他的專注，甚至讓他沒有注意到，地面上蕩漾的酒之海，已經改變了樣貌。

酒，開始緩緩往上浮起，浮出一枚又一枚的泡泡。

與酒海完全相同的材質，氣味、純度，卻又稍有不同，不同的差異處，真要說，大概是溫度吧。

酒泡的溫度，沒有酒海那樣冰冷，沒有又濃烈又迷人卻又令人想墜入深淵的決絕，酒泡的溫度微溫，像是放在小火爐上溫過，暖暖的，為了每個旅人而準備的酒。

酒泡飄浮，飄過重傷躺於地上的貫索，飄過龍池少了頭顱仍奮戰到最後一刻的身軀，飄過滿臉淚痕但已經站穩姿態指揮海幫的鳳閣，飄過和蛇群激戰，勉強撐住不落下風的天馬與天姚，飄過正舞動青龍偃月刀與嘯風犬激戰的獨飲。

飄過嘶吼著，吶喊著，拚命趕過來的陰魂們、愛睏戰神、時鐘假面還有火雲邪神的身邊，他們都已經精疲力竭，再無力介入柏的這柄黑矛，是否即將插入道幫現任老幫主，天缺老人胸口的這件事。

暗殺即將結束，暗殺者即將取得完全勝利。

這一切，卻在黑矛插入了天缺老人胸口後，起了一點點變化。

然後，變化開始擴張……

變化的初始，來自柏的神情，他眉毛微聳，彷彿感覺到了什麼。

緊接而來的，是柏緊握黑矛的手心，變得泛紅，甚至冒起絲絲白煙。

「很燙。」柏沒有放開黑矛，只是冷靜地說，「矛，很燙。」

隨之而來的變化，更令人咋舌，因為不只是柏的雙手泛煙，整支黑矛竟然就像是置身於千度的高溫爐中，透出隱隱紅光。

柏的眉頭愈鎖愈緊，但他沒有放手，這柄黑色的破軍之矛與他生死與共，他不會放手，放了手，就像是背叛了自己的信念。

但令他感到不解的是，現場已無抵抗勢力，這股熔爐般的力量，到底從何而來？

不，柏其實已經知道它從何而來，只是柏不懂。

為何，「這人」病重至此，還會有如此力量？「這人」若身懷這樣力量，又怎麼會在先前的暗殺行動中，袖手旁觀？而且，「這人」若恢復了實力，以他位列十四主星的實力，戰局又豈會演變至這般光景？

就在柏遲疑之際，他聽到了一旁那來自黑白無常的聲音。

「鑄之手？」「鑄之手？」

「因為長年鑄造武器，所以直接淬鍊而成的這雙手？」「因為長年鑄造武器，所以直接淬鍊而成的這雙手？」

「這是他沒錯。」「這是他沒錯。」

黑無常與白無常說著，身形竟然開始往後急退，「快走！是，天缺，這是那老頭的絕招！」

天缺……

柏下一剎那，眼睛睜大了。

這同時也是他暗殺至今，五官最大的變化，這變化訴說著一個簡單易懂的情緒，那就是，驚駭。

因為那個被包得有如木乃伊的老人，已然起身，他雙手反握住了黑矛。

然後，他笑了。

「好一首〈夜雪〉，一冷一熱，看似劇毒，卻是能讓老夫清醒的良藥。」木乃伊一字一句說著，同時他身體周邊也愈來愈熱，熱到附近的武器都開始熔化……「果然特別令人期待啊。」

柏，倒吸了一口氣。

暗殺，能繼續下去嗎？

如果這場暗殺中，實力最強的一個人，就是被暗殺的對象……那暗殺還能繼續下去嗎？

「絕不退縮。」儘管黑矛變得如此火燙，柏依然沒有放手的意思，「今天的任務，執行到底。」

「那很好。」天缺老人朗聲笑了，整個陰界，也許超過二十年沒有聽過這樣的笑聲了，「那麼你有機會親眼目睹，老夫尚未生病之前，真正的實力了！」

第九章・醒了

柏，來到陰界約莫三年。

以他在陰界的資歷來說，他見過不少高手，其中最強的應該首推天相星岳老，僅以一隻手，就制伏了十二大陰獸中的嘯風犬，又以另外一隻手，將柏與手上的破軍之矛完全擊退，而且顯然還未用上全力。

另外的高手，還包括貪狼星黑白無常、太陰星女獸皇月柔、天機星吳用，以及能操縱各種金額為炸彈的天府星白金老人，這些高手都很強，每一個都曾在柏的內心留下或多或少的影響，有些是憤怒，有些是敬服，有些是忿恨，有些則是無奈……

但重新取回實力的天缺老人，卻和柏記憶中那些高手完全不同，因為天缺老人擁有的，不只是強而已。

而是比強更令對手絕望，讓對手心存敬畏的……生命燃燒殆盡之前的強！

黑白無常，這個位列十四主星，掌管警察系統，透過陰冷手段將陰界整治得奄奄一息的男人。

此刻，正用盡全力往後退，一個手抓斧，一個手拖血鍊，臉對著天缺老人的方向，不斷地往後退著。

只是他們退得雖快，但這團滿是火焰的手掌，卻比他們更快、更快、更快！快到，當黑無常低下頭，已經見到胸口，被這隻火手抓住了。

「怎麼，」黑無常驚駭，轉頭想對白無常說話，卻同時看見了，這個跟自己魂魄相連，同生同死，惡事做盡的夥伴，胸口同樣也有一隻火焰的手，「……會？」

「逃不，」白無常臉色陰沉，陰沉中同樣驚恐，「……了。」

兩隻火手的火焰，同時往外擴張、爆裂，如同白晝的太陽。

「巨門星之絕，」那雙手的主人，正是早前一直病得無力動彈的，天缺老人，「鑄之手。」

鑄之手。

乍看之下，手只是抓著黑白無常兩人的胸口，接著引發劇烈火焰，然而事實上，手卻在火焰之中高速翻動、抓捏、拍握，有如一場紅色烈焰中的舞蹈，短短數秒鐘，對決就結束了。

結束時，已經沒有人能分辨黑白無常原本的樣子。

那已經不是人的樣子，而是一團黑色與白色的肉團，肉團上一個被寫上了「蠢」字，另一個則被寫了「蛋」字，合起來，正是黑白兩字的「蠢蛋」。

「黑白無常被殺了？」周圍的聲音騷動起來。

但隨即又被一個沉冷的女音壓制，「黑白無常怎麼會死？無限分身的他，永遠只會派出分身作戰，這對蠢蛋，也許只有他原本實力的十分之一，不，也許更少也說不一定。」

這聲音，來自蛇群，正是另外一個來自政府的六亡魂，太陰星月柔的聲音。

而收拾了黑白無常的天缺老人，他慢慢回首，蒼老枯瘦的背影，卻透著君臨天下的無比霸氣，一雙眼睛，如同火爐般的炙熱紅光。

紅光有如雷射光點般在現場游移，直到，它停了下來。

它停的落點，正是……

那柄刀。

現場中，正在空中舞出一弧一弧美麗灰色冰線的那柄狂刀。

因為它的對手也在空中，那就是一刃一刃來自嘯風犬的狂風。

「青龍，偃月，刀？」天缺老人笑得好開心，「沒想到，這裡還有老朋友啊。」

然後，青龍偃月刀的主人，突然感到全身發冷，倉促回頭之下，他眼中倒映兩團紅白色光芒的火焰。

這火焰來自一對鑄鐵般的手掌。

「好樣的。」這手握青龍偃月刀的男人，眼神中竟然沒有驚駭，反而帶著欣喜與狂妄，「天缺老頭，老子是在幫你，但你卻盯上我？這樣的話，實在太……」

這男人，發出狂笑，「太令我獨飲開心了啊！能和傳奇中的老人對決！太開心了啊！哈哈哈哈！」

太令人開心了啊！

眨眼間，天缺老人的鑄焱雙掌，已經到了獨飲面前，這雙手足以直接熔鑄各式神兵，如今，它握住了青龍偃月刀的柄。

極致高溫順著刀柄快速流動，下一秒，就見到獨飲的雙手冒出滾燙白煙。

就是這對來自鑄手的高溫，逼著柏差點放開手中黑矛，這次風水輪流轉，轉到了獨飲身上，他會放手嗎？他能承受住這足以鍛造武器的驚人高溫嗎？

「鑄之手，我記得！對！當年這招之所以縱橫陰界，就是它專門奪人兵器！」獨飲繼續大笑著，「哈哈哈！今天總算親眼見到了，誰的武器一被抓住，滾燙的高溫馬上如影隨形地來，誰受得了啊！」

青龍偃月刀持續高溫著，這樣的高溫炙燒著獨飲的雙手，逼得獨飲必須集中道行來抗衡這樣的高溫。

溫度不斷往上竄高，獨飲冒出白煙的區域也從雙手往上延伸，整隻手臂都變得通紅，轉眼就要整個炸開！

獨飲會放手嗎？當時的柏，賭上魂飛魄散的下場，死都不肯放開自己戰場上的老夥伴，如今角色換成了獨飲，他會放手嗎？

五指張開，他放手了，獨飲竟然放手了。

這一放，頓時讓青龍偃月刀脫離了他的掌心，更順勢往天缺老人方向飛去。

「喔？」天缺老人正訝異於獨飲竟會放開這出生入死的老夥伴時，獨飲已經翻身一腳踩上了偃月刀的刀柄。

這一踩，頓時讓天缺動作頓住，而獨飲的另一腳，跟著踩上了偃月刀的刀鋒反側，這兩腳下來，竟帶得青龍偃月刀橫向掃去，直掃向天缺老人的脖子。

「好。」天缺老人發出一聲讚嘆，被迫矮身，避開了這一刀，「放開了手，改以腳御刀？以退為進，你的判斷比那破軍少年高明些啊。」

而獨飲可不會這樣罷休，他雙腳一踩一勾，再次轉動腳下青龍偃月刀，一刀迴轉一刀，劈向了天缺老人。

然後一腳接著一腳，獨飲就這樣懸在空中，以一雙腳操縱青龍偃月刀，對天缺老人展開攻擊。

以腳代手，好處是肌膚不會直接接觸高熱的刀柄，但壞處是……獨飲是否能維持他原本的運刀威力？事實上，威力竟然不減反增！

青龍偃月刀這柄曠古神兵與獨飲多次在戰場上攜手作戰，一人一兵彼此熟悉的程度早已超越了一般的兵器，獨飲用腳運刀，不但維持著原本的靈活度，威力更因為腳力大於手力，變得更加霸氣與強橫。

蹬蹬蹬蹬蹬連五腳踩下，刀或翻，或轉，或旋，或橫掃，竟然逼開了天缺老人的雙手。

「誰說老子會放開自己的兵器？老子用兵器，何必侷限於一雙手？」

看見獨飲如此精采地使用青龍偃月刀，遠方的柏看得是目不轉睛，誰說兵器一定要用拿的？自己堅持不放，反而顯得太過執念了，不是嗎？

天缺老人放開了鑄之手，露出欣賞的笑容，「可惜，當年黑幫大戰的時候，沒有會到你啊。」

「現在也不遲。」獨飲這次手腳並用，這柄重達千斤的青龍偃月刀在他手上，竟然像輕盈的木刀，在手腳之間翻滾挪動，咻咻咻，又是三個鋒利絕倫的刀氣弧線飛出。

「用兵器，是傷不了我的。」天缺雙手張開，輕鬆以鑄之手捏融了飛來的刀氣，「那你小心了，老夫要用實力了。」

「實力？」獨飲才冷笑，就看見了天缺老人這雙鑄之手合一，然後當雙手打開時，一柄鐵紅色的刀，竟然憑空出現，「這是什麼？」

「鑄之手，萬物皆為兵器。」天缺老人手一揮，那柄剛剛成形，鐵紅色滾燙的刀，已經朝獨飲射出。

「好。」獨飲揮動青龍偃月刀，將其擊落，但卻見天缺老人手不停往前撥，像是在撥著桌上的筷子。

但每一次撥動，射出來的不是筷子，而是一柄滾燙的紅刀！

眨眼間，紅刀接連不斷，已成了小河，撞上了青龍偃月刀，一柄紅刀也許威脅不了青龍偃月刀這等神兵，但十柄呢？二十柄呢？三十柄呢？一百柄呢？

只見青龍偃月刀前方不斷炸裂出火花，獨飲唯一能做的，只是雙手緊握刀柄，將全身道行灌注到青龍偃月刀之中，因為稍一差池，手上的青龍偃月刀一鬆，就會被數十枚燒紅的紅鐵刀給劈成兩半。

這已經不是以鑄手奪兵器，或是以腳運刀這些花招能比擬的戰鬥了，這是扎扎實實道行對決，拚的是道行的力量。

而在這一次對決，獨飲明顯被天缺老人完全壓制！

「吼吼吼，你娘的，擋不住了！」獨飲終於潰敗，他退了，從空中被直接打落，而就在他落地的時候，他發現天缺老人沒有追擊，反而露出一個神秘的笑，轉身而走。

「別笑啊，老子還沒輸……除非老子死了，不然就不算輸！」獨飲低吼，就要爬起來續戰，但身體感受到巨大風壓，眼前更是無數風刃亂舞，獨飲明白，剛剛沒打完的傢伙，又來了。

嘯風犬！

乘著風，帶著不被尊重的怒意，這隻S級陰獸發出風吼聲，朝著獨飲直撲而下。

獨飲雖然好戰，但也知道這隻嘯風犬不好惹，牠，無論在任何一種狀態，都是必須全力應戰的角色。

面對嘯風犬的撲擊，獨飲只能暗吼一聲，放棄對天缺老人的反擊，舉起青龍偃月刀，狠狠一劈，迎戰嘯風犬的攻擊。

但當他用力一揮，卻忍不住「咦？」的一聲。

不一樣了。

什麼東西不一樣了？

刀體變輕了，刀鋒變鋒利了？！

吃驚的不只是獨飲，更包括了發怒的嘯風犬，牠也沒有預料到自己的風刃如此輕易就被擊潰，微微一頓，稍不留神，竟被獨飲的第二刀砍中。

飛濺的鮮血中，嘯風犬退了，這也是兩者交手這麼久，第一次出現平衡隱隱崩潰的現象。

「咦？」獨飲再發出疑問，他從沒想過，手上這把青龍偃月刀會變得……這麼好使？揮起刀來好痛快，更輕、更鋒利，更像是他身體所延伸出來的一部分，到底為什麼，青龍偃月刀會發生這樣的變化？

青龍偃月刀剛剛唯一發生的事情，就是被天缺老人的鑄之手握過……

所以，剛剛戰鬥時，青龍偃月刀被修整了嗎？好一個天缺老人，不愧是專門鍛造兵器的最強工匠啊！

「嘿，青龍偃月刀老友啊……」獨飲看著自己的青龍偃月刀，一股奇異的心情湧上心頭，「你很開心是嗎？因為你遇到了他嗎？你在說什麼？你覺得很熟悉，因為你就是他親手所鑄？」

獨飲抬頭，看向了天缺老人枯瘦的背影，這一次他找上的，是另一場強弱更加懸殊的戰鬥。

天姚與天馬正聯手對抗S級陰獸隱蝮以及千萬條毒蛇之海的混戰。

蛇群，在這一秒鐘，都像是感受到了什麼，猛然抬頭。

而牠們所感受到的威壓，已然從天而降，他消瘦的身影，像是一股帶著烈焰的風，吹過了天馬與天姚的身邊，兩人身軀同時一震。

這一震，是因為他們發現，以自己這些年的道行，竟然完全無法掌握這股烈風的速度、行蹤以及位置。

換句話說，如果烈風要動手重傷他們，簡直是易如反掌。

幸好，這股烈風的目標，不是他們，而是眼前這一大片兇暴的蛇群。

只不過，說是兇暴，在他面前，卻好像也不兇暴了。

因為，那雙手捲起了滔天熱浪，彷彿在鑄造武器的鍋爐中翻攪，蛇群發出尖銳的嘶嘶聲後，無法控制地被熱浪捲上了天。

「鑄之手。」那人，也就是天缺老人，雙手高舉，翻動著溫度與烈風，也同時翻動著千百條慘叫的蛇，「今晚，我們以蛇肉下酒啊。」

說完，第一隻蛇發出尖銳嘶嘶聲，牠在鑄之手的熱浪中到達了燃點，然後轟然著火，化成一條炭燒蛇肉。

然後是第二隻、第三隻、第四隻，轉眼間，整個天空都是被炭烤煮熟的毒蛇，狂暴之中，還帶著濃烈得讓人食指大動的烤蛇肉香氣，快要讓人神經錯亂。

「狂。」天姚吐出長長一口氣，「天缺老人，實在夠狂。」

「……」而天馬卻沒有說話，只是凝視著天缺老人的背影，彷彿在想著什麼，也彷彿忘記了什麼？

不過，當天缺老人以鑄之手連燒了半數的毒蛇時，戰局，突然有了變化。

一條巨大的蛇影，無懼地穿入了鑄之手的烈風之中，牠蜿蜒在不斷冒火的蛇群之中，朝著天缺老人而來。

「隱蝮，S級陰獸，看到你的徒子徒孫被燒，忍耐不住了嗎？」天缺蒼老的眼中，有著和雙手一樣炙熱的火焰，「你還是老樣子，難不成身上的鱗片不怕我鑄之手的高溫？」

隱蝮蜿蜒而來，看似優雅，實則速度快得令人戰慄，幾乎在呼吸之間，就已經來到了面前一公尺處。

然後，嘶的一聲長音，蛇嘴，已然打開。

那溼潤鮮紅的蛇信，慘白鋒利的蛇牙，像一張巨大無比的畫布，陡然攤開在天缺老人面前，而當這張恐怖畫布收合之時，便是天缺老人成為隱蝮晚餐之時。

天缺老人能來及得逃出嗎？他的鑄之手能撼動隱蝮巨牙嗎？

眨眼間，畫布已然收合。

隱蝮可是站在生物鏈頂端的掠食者，同時擁有速度、力量、絞殺的技巧，還有一擊必殺的毒液，牠的地位尊崇，不容質疑。

牠的嘴合起來了，而這個剛從疾病地獄中歸來的陰界第一工匠，就這樣被無聲無息地吞沒了。

「天缺……」就在天馬和天姚兩人愣住的同時，隱蝮的嘴巴卻發生了變化。

原本已經咬合得嚴密沒有半絲縫隙的蛇嘴，竟緩緩扭動起來，愈是扭動，愈是被往上撐開。

愈撐愈高，愈撐愈大，愈撐……愈能看清楚嘴裡面發生了什麼事！

牠的嘴裡，多了一個鐵灰色的物體，這物體柄細但頭部粗大，上面充滿了燒痕與鎚印，它是一柄大鎚。

一柄和成人等高，散發尊貴霸氣的超級大鎚！

「這鎚？」這些聲音，來自周圍魂魄們的騷動聲，顯然他們已經認出這物體的真面目，「十大神兵之一，當年巨門星滴火創造出來的……巨門之鎚！」

「巨門之鎚！我以為天缺老人隱退之後，這神兵會消失在陰界，或是不知流落何方……但沒想到，巨門之鎚，還在天缺老人手上！？」

「巨門之鎚，能鍛造任何兵器，它一旦到了老工匠手上，就不會只是一柄鎚子，」陰魂們的聲音帶著慌張與期待，「而是一柄絕世凶兵啊！」

巨鎚散發強大威能，足以壓迫S級陰獸隱蝮，只見牠面目猙獰，下巴顫動，但就是咬不下去。

而蛇嘴裡的巨鎚旁，一個老男人默默地從大蛇嘴內走了出來，老男人縱然瘦弱，但手握大鎚，猛一拉出的氣勢，卻已經足以威震全場。

而且，不只拉出鎚子而已，他一個旋身，雙手握鎚，宛如大鐵塊的鎚頭，在空氣中擦出猛烈火花，朝著隱蝮揮了下去。

也在這一剎那，這S級的陰獸，眼神中露出極細微，險不被察覺的，恐懼。

野獸的直覺告訴牠，此人加上此鎚，將會是陰界中極度危險的存在，而隱蝮擅長的武器，毒牙、纏繞和速度都對此鎚無可奈何！

於是，牠能做的事，只剩下那麼一個了……

逃！

當大鎚落下，整個陰界會場，不，甚至是連陽世，都感到了震動。

鐵姑的水杯翻了，強哥的紙掉了，而主持人甚至有點抓不住麥克風，他們眼神狐疑，互看一眼，剛剛有地震嗎？有吧對不對？

陽世尚且如此，更遑論陰界，當天缺老人手持著十大神兵之一的「巨門之鎚」，挾著鑄之手火燙的道行，擊到地面時……

隱蝮，已然化成隱形，驚險逃離，但地面卻因此出現了一圈又一圈的震波。

波浪經過之處，魂魄們無不東倒西歪，道行弱者甚至當場昏厥，道行深者，也被迫暫時停止手上的戰鬥，以求自己不要在失去平衡的這一瞬間，慘遭敵人逆殺。

這一鎚，也就是這一鎚，竟能將堅硬的岩石地面，硬是打出一圈圈宛如液體表面的波浪，這一鎚的威力究竟多大？

天缺老人擊下這一鎚之後，他抬頭，蒼老的目光隱隱鎖定消失了的隱蝮位置，於是他再次躍起，雙手握鎚，高舉過頭，沒有半點花巧裝飾，一大塊方形鐵塊的鎚頭，在空中再次擦出火焰。

下一鎚，落下。

沒有，這一次又沒有擊中隱蝮。

大地再次液化，一圈一圈的海浪，衝擊著混戰中的魂魄。

但雖然第二鎚依舊沒有擊中隱蝮，但卻在鎚子落下的時候，逼出了隱形隱蝮的真身，其真身就在落鎚處的幾公分。

遲早，天缺老人手握巨門之鎚會打中隱蝮，就算隱蝮擁有十二隻S級陰獸中最獨特與神秘的隱形技能，但在恰似迴光返照，又手持神兵的天缺老人猛攻下，遲早會崩潰。

「第二鎚沒中是吧？」天缺老人眼睛再次抬起，火焰般的眼珠左右移動，然後當他雙眼定焦，他笑了，「多打幾下，肯定就會中，嘿。」

隱蝮還在蜿蜒而逃，身為地位尊貴的S級陰獸，戰鬥實非牠的強項，牠沒有夜影虎的強悍，沒有悟空猴王的刁蠻，沒有海之王子海之駿的大海力量，沒有雷后鳳凰的九天狂雷，牠擅長的是暗殺與竊取。

再加上，牠遇到的是天缺老人，還有天缺老人已經十年未曾一握，卻依舊堅挺不拔的巨門神兵，這巔峰的組合，讓隱蝮只能憑著野獸的直覺，拚命逃竄。

砰。

又是一鎚落地。

當大地有如海潮般往外洶湧而去，隱蝮又被迫顯露其真身，而且這一次，牠身上雪白的鱗片已經在空中剝落，這些鱗片不只飛濺，還在過程中被燒熔，被重組，變成一團團晶亮的生物原材。

「隱蝮的鱗片嗎？這可是非常珍貴的，非常適合用來做隱形的武器。」天缺老人大笑著，「不過鱗片都被敲出來了，表示下一鎚，就一定會正中目標了！你也是這樣想的吧……親愛的隱蝮！」

隱蝮還在逃。

牠扭動身軀，身體隱形，在這一大片的陰魂群中急速穿梭，牠知道下一鎚就會擊中牠，牠知道，牠很清楚地知道。

但牠只能做牠可以做的事，就是逃。

用牠所能使用的一切技巧，隱匿、攀爬、扭曲地逃，因為牠身後的對手實在可怕，之所以可怕，隱蝮基於野獸直覺也很清楚，是因為此刻天缺老人的威力來自於……

此人身軀早已毀敗，血液早已毒化乾涸，臟腑早已化成灰泥，所以，這會是此人，此生，的最後一戰！

此人，此生，最後一戰！

而當隱蝮四處逃竄時，一個影子，已經來到了牠的正上方。

這影子呈現完美的正方形，遮蔽了月光，遮蔽了天空，它，是鎚頭的陰影。

然後，鎚影急速放大，愈來愈大，愈來愈近，這次的威力強大到，尚未碰觸到大地，大地就開始液化，隱蝮沒有一星半點閃避的空間，當鎚子落下的瞬間，蛇身就會被擠壓，破爛，甚至斷成兩截。

這就是巨門之鎚，這就是天缺老人，這就是兩者合一的威力！

鎚影，在這一剎那，放大到了極限。

它，完完全全與大地接合。

巨門之鎚，已然落地。

大地，沒有液化。

大地，沒有出現土地之浪。

大地，陰魂們沒有跌得東倒西歪。

大地，那條隱蝮，還沒有死。

沒有死的原因，是因為有一個人和一隻獸，托住了這柄鎚。

「嗨，天缺哥，怎麼幾十年不見，你獨特的溫文儒雅不見了，改走暴力路線呢？」

那是一個女子的聲音，從鎚影旁傳來，低沉沙啞，充滿其獨特魅力。

「嘿。」天缺老人那透著火焰的雙目，閃過一絲笑意，「是啊，好久不見啊，這幾年，在政府裡面，過得可好？」

「尚好尚好，就管管政府裡面的陰獸，生活頗為無趣，幸好政府資源深厚，偶爾出現新奇的陰獸，我總能率先過目。」那女子說，「簡單來說，跟天缺哥比，我還過得去。」

「跟我比，過去的嗎？哈哈哈，老夫當了這麼多年的乾屍，當然比我好啊。」天缺老人大笑，「這妳可就太幽默了啊……太陰星，女獸皇月柔！」

月柔？她是政府六王魂之一的女獸皇月柔？輩分如此高，難怪外表雖然年輕，卻能和天缺老人以兄妹相稱！

「是啊，天缺哥，」月柔語氣轉柔，「既然你好不容易醒了，該留點元氣，見見你想見的人，過點閒雲野鶴舒舒服服的日子，何必一醒來就打打殺殺，不怕道行一耗盡……」

「哈哈哈，月柔妹子啊，妳這勸就勸錯了，這幾十年老夫只有一個想法，凡事要及時啊！」天缺老人笑著，「更何況，若不盡情施展手腳，怎麼能逼出妳……還有妳的第二隻S級陰獸呢！」

第二隻陰獸？

月柔的臉，浮現了淺淺的笑，溫柔且又得意，因為站在她身旁，真正擋住雷霆萬鈞巨門之鎚的陰獸……其實是牠！

身體又圓又壯，像是一團無法被寬容的巨大鋼塊，但又擁有能抵消任何外力的柔軟彈性，就是牠，穩妥地擋住了天缺老人雷霆萬鈞的巨門之鎚，甚至連傷都沒有帶上半點。

牠，就是在S級陰獸中，擁有最高防禦能力的，餓王饕餮，外型酷似一隻巨大無比的山豬。

「我說月柔妹子啊。」天缺老人笑，「在陰界，能同時駕馭兩隻S級陰獸的人，大概也只有妳了吧。」

「過獎過獎，誰叫我的能力，是馴獸師呢。」女獸皇纖手一揮，這時間，饕餮一聲低沉嘶吼，渾重身軀抖動，就朝天缺直撞而來，「天缺哥，小心啊，我這隻豬就是愛吃，吃得胖胖的，所以撞起來可是很痛的。」

面對饕餮小山般的軀體，如泰山壓頂般撞來，天缺老人不懼反笑，反而開始甩動手上巨鎚，愈甩愈快，愈甩愈猛。

「老子可是做工匠的，如果一遇到石頭大些，鐵塊大些，老子就不能鍛造，豈不是太遜咖了嗎？」

饕餮愈衝愈快，轉眼間已如一座小型泰山，就要由上而下，將天缺老人瘦小的身軀完全輾壓。

「遇到大石頭。」天缺老人手上的鎚，速度甩到了極致，轉而朝前，用力朝饕餮身軀，砸了下去！「找到最弱點，打成碎片就對了啊！」

尋找物體最弱處，就算手握大鎚，仍能精準無誤地擊中該點，這是老工匠最高明的技藝。

綜觀陰界，又有哪位工匠的技藝，能超越這位枯瘦老者，天缺老人？

只見大鎚轉到了急速後，猛力一擊，接著又突然轉了一個精巧的角度，有如高速戰鬥機由高空俯衝到海面，又在碰到海面時驚險上拉，一個驚心動魄卻完美無瑕的上鉤拳，正中了饕餮的下巴內側兩吋之處。

喀。

一個細微的聲音過去，月柔的臉，頓時變了。

「你！」

「我怎麼樣？」天缺老人收鎚，傲然看著眼前壯碩饕餮小山，原本衝撞而來的巨體，因為這一擊戛然而止。

「你真的一點都沒有變老啊！」月柔臉上帶著心疼，這心疼顯然是知道，天缺老人的這一擊，就算沒有當場擊殺這隻S級陰獸饕餮，但絕對造成了某種程度的傷害，「小饕，我們的對手不是我們可以手下留情的對象呦，那，小饕，就盡情地……發揮你飢餓的實力吧！」

那，就盡情發揮你飢餓的實力吧！

此話一出，就聽到饕餮突然動了，發出了又似呻吟，又似空腹胃液滾動聲，又似大地悲鳴的嗚嗚聲，然後牠目光看向天缺老人，張開了嘴巴……

愈來愈大，愈來愈大，有如黑洞般的嘴巴！

天缺老人只覺得這團黑洞大嘴不斷傳來陣陣吸力，不只吸走了空氣中的酒泡、地面的酒水，甚至連亂七八糟的雜物，樹葉樹枝，不管能吃不能吃，全部被這張大嘴吸了進去。

這是一幕頗為驚人的畫面，在滾滾流入的酒水酒泡之中，混了各式各樣五花八門的物體，當這些物體都被吸盡，連倒在地上死亡或昏厥的魂魄，竟然都被饕餮的大嘴吸了上來。

「對，饕餮的大絕招是吃東西！」天缺老人露出淡淡笑容，把大鎚往地上一放，「天生萬物以養人，人無一物以報天，吃吃吃吃吃吃，吃光光吧。」

「好一個天生萬物以養人，人無一物以報天，吃吃吃吃吃吃！」月柔笑，「這一招，沒法用鎚子破解吧？」

「沒法。」天缺老人看著眼前正逐漸逼近的黑色大嘴，笑容卻非常淡定，「但你有本事，把我也吃下去嗎？」

「是啊，饕餮沒本事吃下你，卻能困住你，……所以，『牠』終於能一吐怨氣了呢。」

「『牠』……？」天缺老人一愣，忽然，他感到一陣冰涼沁骨的冷，正從他的背脊滑溜地往上蜿蜒，蜿蜒到了他的肩膀，然後到了他的脖子。

「當然是『牠』。」月柔笑，「我的小隱蝮，可是很會記仇的呢。」

然後，天缺老人緩緩回頭，他看到了那雙不帶任何感情，卻令人感到無比戰慄的蛇眼。

「哎啊，」天缺老人這一刻，只能苦笑，「都忘記你不只能隱形，還能變化大小，不小心讓你鑽到我背上了呀。」

接著，蛇嘴咻的張開，朝著天缺老人的脖子，急咬而下。

第十章・最惡老人

陽世。

蓉蓉的歌聲，在最後一個悠長的音符逐漸轉小，轉弱，轉入暖暖夜空時，結束了。

所有的人，都還沒有醒。

同樣下雪的夜，同樣冰冷的空氣，同樣充滿回憶的昏黃光線，同樣的旅人，也同樣令人不願醒來。

但感覺卻完全不同。

那是母親的手吧？

柔柔軟軟，來自與自己完全相同的血脈，包覆著自己臉頰，包容著自己的淚水，只是一雙手的撫摸，卻說出了一切，關於愛。

關於需要，與被需要。

歌曲結束後的十秒鐘，不，三十秒鐘，甚至是一分鐘。

整個比賽場地，整個轉播所及之處，整個音樂能探訪的世界，都在此時此刻，安靜了足足一分鐘。

直到，第一個人睜開了雙眼，那個人是小靜。

她看向了蓉蓉。

然後嘴角揚起，吐出了一口長氣。

「謝謝！蓉，謝謝，謝謝妳用這首歌救了我。」

然後，當人群慢慢睜開眼睛，從荒野旅人溫暖眼淚的世界中，回到現實之時……他們發出了尖叫。

因為他們看見了，這個完全詮釋截然不同〈夜雪〉的夜之女王，蓉。

竟然身體一軟，在舞台上暈眩了過去。

隱蝮慘白的牙，瞬間沒入了天缺老人的脖子，猛烈的蛇毒，瞬間透過牙尖，注入了天缺老人的動脈之中。

「隱蝮擅長隱匿，蒐集情報，還有毒殺對手。」月柔聲音冰冷，「天缺哥，雖然很開心看到你回來，但要說聲抱歉的是，要重新再送你上路了。」

天缺老人歪著頭，隱蝮的那對大毒牙，陷入他細瘦的脖子內，源源不絕的毒液，猛烈灌入天缺動脈之中。

「月柔妹子啊，妳要和我說抱歉？」天缺老人閉著眼，「我也要和妳說聲抱歉哩。」

「嗯？」月柔的秀眉，微微蹙起。

同時間，隱蝮那雙冰冷之眼，也出現了古怪光芒。

「妳的蛇毒真的很兇猛，我可以感覺到。」天缺老人說著，「但妳可知道這幾年來，我過著什麼樣的日子？每一種神兵，都有其獨特的兇狠兵氣，每種兵氣都是一種毒，弄得我身軀與靈魂皆破損到無法修復的地步。」

「嘿。」月柔秀眉皺得更緊了，而隱蝮的身軀也開始緩緩游動，似乎感到不適。

「於是我的乾女兒，毒堂之主鈴，用上以毒攻毒之法，五毒中的蛇毒、蟾蜍毒、蜈蚣毒、蠍子毒、蜘蛛毒……寬闊天地間各式各樣七彩繽紛，奇形怪狀的五毒，全部被她用來煉成更毒更猛的藥劑，注入了我的經脈中。」天缺老人說，「老實說，我身體早就沒有血了，在我身體內流動的，其實都是毒。」

「都是毒……」月柔的眉頭，皺得更緊了。

而隱蝮的身體扭動，又變得更加劇了。

「所以，換我和妳說抱歉了，月柔妹子。」天缺老人冷冷地笑著，「因為，妳的蛇，可能有點中毒了。」

隱蝮又繼續扭著，牠確實被另外四毒侵入了，帶水性的蟾蜍毒，帶金屬冷硬氣息的蜈蚣毒，棲息於幽暗森林的蜘蛛之毒，如沙漠烈日般猛烈的蠍子毒。

就在這一刻，隱蝮的嘴繼續咬著，牠身體就算已經中毒，仍固執地咬著，因為牠也是五毒之一，賭上尊嚴，牠不打算鬆口，更沒打算放棄。

天缺老人雖然反制了隱蝮，但仍被蛇毒入侵，整個身體陷入劇毒大混亂。

「好樣的，但至少我拿回了行動力了。」天缺老人小小的身軀，發出比雷電更巨大的吼聲，這吼聲從他身體深處發出，更像是從地底最深處炸裂的火山熔岩，「來吧！饕餮！看你吃不吃得下，老子的鎚子吧！」

當吼聲爆發，天缺老人同時雙手緊握大鎚，手上青筋暴露，以身體為軸心，猛力將大鎚甩了出去。

在甩動過程中，這大鎚先與空氣擦出火花，火花燃燒成巨大火團，火團夾帶電光，電光引動地面岩石，翻動大地，這樣互相牽引之下，巨門之鎚的體積彷彿擴張了百倍。

這柄被放大百倍的巨鎚，就這樣挾著雷霆萬鈞的，君臨天下的，霸者天威的，狂嘯如潮的氣勢，朝著饕餮的大嘴打了下去。

雙方硬撼！

當足以吸食天地的饕餮大嘴，加上無比致命的蛇毒，對上了手握巨門之鎚的十四主星之一的天缺老人。

巔峰硬撼巔峰，絕對硬拚絕對，極限挑戰極限，兩方碰上，時間和空間都為之暫停。

然後結局是，平手。

饕餮沒能吞了天缺老人和大鎚，而大鎚也沒能擊碎饕餮的大嘴。

雙方鬥了一個極度危險，卻又極度穩當的，平衡。

「呼呼，這麼有勁？」天缺老人退了兩步，再次執起手上大鎚，又是同樣驚天動地的大吼，「老子休息這麼多年，一出來就碰到月柔妳這個老朋友，真是值得啊！」

「呼哈，」月柔皺眉，她快要忘記，上次同時駕馭兩隻S級陰獸是什麼時候了？尤其是對上天缺老人這樣等級的對手，打起來還真不是普通的棘手……

但棘手之餘，月柔內心卻湧現了一種自己都難以說明的情緒，是過癮嗎？為什麼這樣的打法會這樣的過癮呢？

月柔，女獸皇，六王魂之一，命格是十四主星之一的太陰星。

她的能力本來就是統御陰獸，打從她懂事開始，她就發現自己不只能和陰獸溝通，甚至能讓陰獸聽命於自己。

她甚至發現陰獸彼此之間有階級之分，小陰獸聽命於大陰獸，而大陰獸之中，又存在著古老而神秘的S級陰獸，牠們的數目極為稀少，整個陰界就這麼十二隻。

當月柔道行愈來愈高，她加入了政府，擔任馴獸的工作，她並不是真的喜歡替政府工作，她的目的其實很簡單，因為政府擁有最多資源，透過政府給予的馴獸工作，月柔能夠接觸到更多，更神奇，更罕為人知的陰獸。

同時，月柔也秉著她太陰星的天性，她低調不張揚，靜靜地照顧那些陰獸，靜靜地讓自己馴獸的道行愈來愈高……

而就在她進入政府的第六年，那個炎熱的夏天，「牠」的行蹤，被人發現了。

被發現的原因是，整個城鎮都消失了。

所有的房屋、樹木、田地內的植物，甚至是陰魂們，全部都消失了。

被吃掉了。

「是什麼怪物吃了整個小鎮？」政府派來的官員們，嘴唇發白著，「是什麼？馴獸師們，告訴我！」

隨行而來的馴獸師共有三人，其中一個最資深的馴獸師，他的能力是操縱火系的陰獸，他看見這一幕，臉色有點慘白，手一揮，一隻A級陰獸從他手上浮現，那是一隻狀似陀螺的陰獸。

「A級陰獸，火陀螺，去吧，去把這隻作孽發狂的陰獸找出來。」這名馴獸師手一揮，手上的火陀螺瞬間放大，變成一團赤紅色的旋轉火焰，轉上了天空。

只是，這隻火系的A級陰獸，平時挾著火系剽悍的戰鬥力，向來無所畏懼，囂張跋扈，但卻在飛上天空之後，抖了兩下，一身火焰突然熄滅，狼狽地縮回了操獸師手上。

不只如此，火陀螺還全身發著抖。

「喂！」這名馴獸師怒斥，「你也太沒用了吧？怕什麼啊？」

「前輩，人家說，什麼人就會養出什麼陰獸，你的陰獸這麼膽小，不會是受到主人影響吧？」另一個馴獸師資歷較淺，但平素臭屁喜愛爭功，有機會就會酸一下前輩，絕對不會放過，「看看我的陰獸吧，大雷牙！」

大雷牙！

從第二名馴獸師的手中，竄出一隻像蛇、像龍、又像蟲的長條形生物，牠沒有眼睛，沒有鼻子，只有嘴巴處一顆粗厚鋒利的大牙。

牠同樣隸屬於A級，是殺傷力極強，非常危險的陰獸。

「大雷牙，把這裡的地面全部炸翻過來，看看是哪隻不知死活的陰獸，敢在我們政府的眼皮下搗蛋！」第二名馴獸師手一揮，發出指令。

大雷牙是專注於殺傷，但沒有太多自我意識的陰獸，只見牠從第二名馴獸師身上竄動出去，在空中不斷翻滾，每翻滾一次，就汲取了空氣中的一些電能，汲取愈多，牠的體型就愈大……

等到牠滾到村莊的最高處，已經大如一條龍，一條殘缺無眼無鼻，只有單牙的電龍。然後轟然一聲。

牠所有的電能發出刺眼兇暴的光芒，朝著這片寂靜的村莊，猛炸了下去。

但也就在此時，一個女子聲音的尖叫傳來，「不可！大雷牙有危險！」

大雷牙？有危險？第二名馴獸師眉頭皺起，才要斥責這女子荒唐。

忽然，村莊的地面隆起，隨著隆起後不斷滾落的泥土與石塊，露出了底下的一張大嘴。

黑色，巨大，像極了飢餓已久的大洞，嘩然一聲。

從下而上，短短一秒，吞光了大雷牙的電能，不只如此，大嘴挾著滿嘴的電能，轟隆隆地繼續往上……

轉眼，大雷牙就要被這張突如其來的大嘴，完全吞噬。

然後，那女子聲音聲音再次傳來，聲音高亢焦急，卻充滿了懾服力！「出來吧！我的陰獸，紙箱武士！把大雷牙救下來！」

紙箱武士，女子的聲音中，一個全身都由大大小小紙箱組成，臉上紙箱上挖兩個洞當眼睛的帥氣武士，在空中出現，右手握住腰際長刀，拔出，朝這口大嘴狠劈下去。

長刀，當然也是紙箱材質做的。

但是，威力卻大得嚇人。

轟然一聲，紙箱武士的一刀，產生巨大的能量波，讓大嘴的速度稍緩，而在同時，又聽到那女子的聲音。

「第二隻陰獸，出來吧！防撞鋼狼！」

防撞鋼狼！只見一隻全身都是鋼鐵鎧甲的半狼人在月柔呼喚下出現，然後朝著大雷牙用力一撞。

撞力之強，有如推土機奮力輾壓，頓時把大雷牙撞出了黑暗大嘴的危險範圍。

「好厲害。」看見月柔這樣的功力，剩下兩個馴獸師頓時目瞪口呆，「紙箱武士和防撞鋼狼，這兩隻都是被陰獸綱目登記在案的A級陰獸啊！妳竟然能一口氣操縱兩隻？！」

平常低調不願張揚的月柔，知道此刻面對的陰獸絕非等閒，能夠將整個村莊完全吞噬，能讓火陀螺如此膽怯，更能一口吞掉大雷牙？這樣的陰獸，絕對足以位列百大陰獸！

大嘴沒有咬到大雷牙，快速沉回地底，然後就在下一秒，地面隆起，如小山的身軀，伴隨著滾落的沙石黃土，顯露出牠巨大且恐怖的全貌。

「豬？」第一位馴獸師已然目瞪口呆。

「山豬？」第二位馴獸師感到褲頭微溼，然後還有溫熱的阿摩尼亞氣味緩緩溢出。

「這隻陰獸是？」隨行的政府人員邊說話，人已經退到數百公尺外狂奔，邊跑邊說，「對付陰獸是你們的專業，交給你們了，我先走遠一點喔。」

「出來，月咬咬！」在慌亂的眾人之中，唯一保持冷靜的，正是戰局中足以和這頭神秘兇獸抗衡的低調馴獸師，月柔，「用你的月光，照耀防撞鋼狼吧。」

月咬咬，這隻陰獸同列A級，牠可以製造出百萬之一能量的月光，而牠的月光不只是複製品，是完完全全相同的月光。

當然，有月咬咬就會有日咬咬，兩者齊名，威力相同，像是日咬咬的日光甚至能讓植物行光合作用。

月柔叫出月咬咬的目的，讓牠的月光灑落在防撞鋼狼身上，目的究竟是……

「吼！」防撞鋼狼對著天空上的月咬咬發出悠長，恐怖，令人頭皮發麻的狼嗥聲。

然後，防撞鋼狼開始變大，身上的鋼甲炸裂，肌肉鼓脹，體型爆大，大到和眼前這頭巨豬一般大小。

儼然變成一頭巨型狼人。

「百大陰獸排行九十五！照到月光的防撞鋼狼！」這兩個馴獸師異口同聲地大叫，「啊，『納嗚狼阿內』！」

納嗚狼阿內朝著天空上的月咬咬發出長長嗚聲，滿布肌肉的雙腿高速縱躍，把自己化成一顆不斷彈跳的球體，更在彈跳過程中，不斷揮出鋒利的雙爪。

揮出，揮出，拚命揮出，爪爪都抓在巨豬身上，濺出點點鮮血。

而巨豬卻只是晃動身體，不斷來回張開大嘴，想要用嘴巴捕捉這個靈活跳躍的切割兇器。

乍看之下，納嗚狼阿內佔盡了優勢，但事實上，月柔太陽穴上的一滴冷汗，卻訴說了整個情勢的危急。

納嗚狼阿內的雙爪攻擊，能輕易斬殺一般的A級陰獸，但卻無法對這頭巨大神秘的山豬造成實質傷害，但是……山豬的那張大嘴，只要一咬中納嗚狼阿內，立刻就將納嗚狼阿內的身軀咬破大半，化成甜美晚餐。

換句話說，這是一場隨時都會輸，而且必輸的戰鬥，面對這樣的戰鬥，月柔的冷汗正逼著她得趕緊想對策……接下來該怎麼辦？該怎麼辦？

月柔的擔憂，在下一秒後，就發生了。

名列百大陰獸九十五的納嗚狼阿內，左腳被這頭山豬的大嘴咬住，啵的一聲悶響，整條左腿被拔下，而原本高速縱躍的納嗚狼阿內也失去了平衡，滾落在地，下一刻，山豬往前踏了一步，大嘴張開。

那飢餓到沒有極限的黑色大圈，就要將納嗚狼阿內扣除左腳後剩下的部位，一口氣完全吞食。

要輸了？這隻陰獸到底是什麼？

牠是傳說中的陰獸嗎？牠會是那十二隻S級陰獸中的其中一隻嗎？牠會和其他陰獸一樣，聆聽我的聲音嗎？

牠……

太多的牠，太多的疑問，太多的不確定，還有，太短的時間。

月柔做出了選擇。

她，優雅如月之仙子，站到了這隻巨大的山豬陰獸之前。

靜靜地看著牠。

而牠，也靜靜看著她。

這短暫卻又漫長的一瞬間，讓月柔脫口而出了牠的名字。

「饕餮？原來你的名字，叫作饕餮？」月柔溫柔地笑，「我好喜歡你，那你呢，你喜歡我嗎？」

時間，拉回現在，地點，同樣是陰界的歌唱會場。

兩隻S級陰獸的輪番猛攻，在陰界歷史上，不能說沒有，但絕對是極為罕見的。

但面對雙陰獸的猛攻，手握巨門之鎚的天缺老人，卻像是該燃盡卻始終燃燒不完的燈油，不斷在空中劃出凌厲的巨鎚弧線，打擊著饕餮的大嘴，逼著大嘴始終無法準確地將他與大鎚吞入。

饕餮的大嘴與天缺老人的大鎚，打成了一個驚險的不輸不贏。

另外，一條時隱時現的隱蝮，攀爬在天缺老人的背部，鋒利毒牙陷落在天缺老人頸部，注入源源不絕的毒液，而原本能輕易毒化任何魂魄的蛇毒，卻被天缺老人體內那累積數十年，各種被調製的劇毒所抵抗。

蛇與老人之間產生了劇烈抵抗，鬥了個旗鼓相當。

而在這些激戰之中，月柔透過意念操縱雙獸，同樣也感受到許久未曾的戰鬥喜悅，不過，她沒有親自出手，她只是站在幕後操縱雙獸。

就這樣，戰局危險且平衡的僵持著……

直到，一絲飄忽而來的陰冷之氣，又再次替這場戰局，投入了新的未知之數！

陽世。

歌唱比賽的會場陷入一片混亂。

因為唱完〈夜雪〉的蓉蓉突然昏倒，還沉浸在她「溫暖旅人版〈夜雪〉」的聽眾一時間反應不過來，而第一個衝到蓉蓉身旁的是她，小靜。

「蓉，」小靜緊抱著蓉蓉，聲音驚恐，「妳還好嗎？」

「沒事的。」這時，主持人終於從剛剛的迷茫中清醒，看似不經意擦去眼角的淚，也跑了過來，同時間對主辦單位急喊，「醫護人員！快來！有人昏倒了！你們是睡著了嗎？快點啊！」

醫護人員也緊急從「溫暖旅人版〈夜雪〉」中清醒，他用力拍擊自己的雙頰，提著急救箱奮力奔來。

「呼吸、心跳都正常，應該只是壓力釋放後的反應。」醫護人員簡單地說，「我們把她抬到舒適通風的地方，應該很快就沒事了。」

「嗯，那就好。」主持人鬆口氣，「沒事的，蓉蓉一定能在頒獎典禮前醒過來。」

「嗯。」小靜仍緊抓著蓉蓉的手，她的內心，卻和醫護人員不同，有股極度強烈的不安。

蓉蓉的身體沒事。

她的身體依然溫暖，她的呼吸依然平順，這些小靜都知道。

但小靜卻感覺到了別的東西。

空的。

蓉的身體裡面，某個東西不見了，飄離了，遠行了……

如果沒有那東西，蓉是不會醒過來的。

小靜發現自己的眼眶滿滿是淚，蓉是為了拯救自己而唱了〈夜雪〉，但卻不知道為什麼，那東西被奪走了！

怎麼辦？

在蓉蓉被抬走的路上，小靜堅持抓著蓉蓉的手不放。

而在她不注意的時候，一隻毛茸茸卻又熟悉的生物，悄悄地跟到了她的腳邊。

「啊，小虎？」小靜察覺了她腳邊那柔軟卻又高傲的生物，「你來了？怎麼辦？我該怎麼辦？蓉……蓉她……嗚……」

看見小虎，小靜的情緒再次潰堤，她的眼淚一滴一滴往下落下。

而小虎什麼都沒有表示，牠只是緩緩抬起頭，那雙深邃到宛如無光夜空的眼睛，看著小靜，也看著蓉蓉。

然後輕輕地，「喵」了一聲。

牠好像知道什麼，是的，牠肯定知道什麼……畢竟，貓可是唯一可以輕易穿越陽世與陰界的領路者。

不幸的是，小靜的預感是對的，陷入昏迷的蓉蓉沒有那麼容易被喚醒，因為，一直到頒獎典禮結束，她，都沒有醒過來。

陰界。

一抹陰氣，有如遮住月光的烏雲，籠罩了正手握大鎚與饕餮奮戰的老人。

「哎。」天缺老人已然意識到了這抹陰氣的存在，「都快忘了，還有你們這群妖魔小丑啊。」

當陰氣完全籠罩天缺老人，他先看到了那個飄浮在空中，女子美麗的背影。

「是啊，我們是妖魔小丑！」這背影正是十隻猴子中的指背星，松子，「但現在，只要一點點妖魔小丑，就足夠搞死你了啊。」

松子美麗的倩影在空中一個迴旋，頓時鬼氣籠罩，當她轉回正面，已是一個臉上布滿腐肉，眼珠滾落的陰森女鬼。

然後，鬼氣如潮，頓時裹住天缺老人。

天缺老人微微咬牙，平常這點鬼氣他不會放在眼裡，但此時此刻，他正和兩大陰獸單挑，任何一點干擾，都會破壞掉他辛苦維持的戰鬥平衡。

他感覺到，脖子上的隱蝮毒牙，又多陷落了一分。

他，正要開始退敗。

「我的指背鬼氣，還不夠扭轉戰局嗎？」松子聲音尖銳飄忽，「喂，老三老四，你們老是站在一旁袖手旁觀，是打算當觀眾看好戲嗎？」

「老三，老四？」天缺老人微微哼的一聲，他忽然感覺到自己的小腿肚，被五根指頭抓住。

這五根指頭又枯又瘦，卻又充滿了怨恨的味道，那是墜入地獄深處飽受苦刑者，試圖拖拉生者進入地獄的怨氣。

而且不只如此，一隻手之外，又是另一隻手，一手接著一手，等到天缺老人皺眉低頭，他發現他的腳底不知道何時，已經爬了將近數十人。

這些人，或者說只是外型肖似人的地獄怨鬼，他們的模樣扭曲，如死狼，如餓狗，如腐獸，形態不盡相同，但都透著滿滿怨氣，還有嘴裡都喃喃哀號著相同的話。

「殺了我，殺了我，不要在法庭上不斷替我減刑，不要為了你心中自認的正義，不斷救我，殺了我，我想死啊。」

天缺老人眉頭緊皺，這些鬼是誰弄出來的？如此深沉的怨氣，平常無法傷害天缺老人，但在此刻，卻如同一注劇毒，灌入天缺老人體內。

怨氣讓天缺老人的雙足開始發黑，而且黑氣不斷往上滲透。

全仗著天缺老人那來自十四主星的驚人道行，才能在與饕餮與隱蝮的血戰之中，仍阻住這股詭異凌厲的黑色怨氣。

但，天缺老人閃躲和回擊饕餮攻擊的能力，已經開始下降了。

他拖著隱蝮、腳上十幾隻怨鬼，還有一旁松子鬼氣的擾動，他的速度減慢，攻擊力量下降，好幾次，都險些要被饕餮一口咬住了。

但天缺老人畢竟是天缺老人，這一身十四主星等級的浩瀚道行，仍艱苦地維持著他的戰鬥力。

就在這岌岌可危的同時，天缺老人感覺到腹部一陣麻癢，他低頭，只見到滿滿的蟲子，不知道何時爬上了他的腹部。

這些蟲有的黑得透明，有的七彩斑斕，有的布滿尖刺，雖然乍看之下叫不出名字，卻可以肯定這裡的每一種蟲，都非常危險，都是不可隨意觸碰的殺人兵器。

「蟲？這裡還有馴獸師？」天缺老人看見肚子這些爬行的詭譎之蟲，他不怒反笑，「而且是馴獸師中最見不得光的……操蟲師嗎？」

最見不得光的操蟲師……黑暗中，一張浮現了陰鬱到令人心疼的俊俏臉龐。

「嘿，沒錯，正是操蟲師。」那男子聲音清朗，「我是第三隻猴子，基努，在這裡拜見……陰界最強工匠，天缺老人！」

隱蝮、饕餮、鬼氣松子、怨氣律師還有陰鬱的操蟲師，天缺老人拖著他殘破的身軀，一路打到這裡，幾乎每一個動作失誤就會當場魂飛魄散，幾乎每個閃神就會支離破碎，每個氣力不濟就會告別世間。

但天缺老人卻始終沒有倒下。

他還在戰。

所有刺殺他的勢力都已經加入，匯集成這陰界無人可敵的可怖力量，但卻始終沒能擊倒他。

而這搖搖欲墜卻始終未曾崩壞的平衡，終於讓月柔出了手，這個與天缺老人同樣位列十四主星的太陰星，她出手了。

但她的出手，卻不是動刀動槍的對戰，她的出手，只有一段話。

透過她高深的道行，傳入了天缺老人耳邊的一段話。

「快放棄吧，天缺哥哥。」此刻，月柔細細的聲音，有如在天缺老人耳邊細語，「你身上僅存的道行應該剩下一丁點了吧，不如留下，好好去找你思念的人啊，你不是有兩個兒子嗎？一個是劍堂天策，還有一個是誰呢？是失蹤已久的……小兒子吧？你不想在臨終前再見見他嗎？」

月柔的聲音雖輕，卻字字如小蛇，滑溜入天缺老人的耳中。

那如殭屍般的冷皺臉龐，在難以察覺的瞬間，微微抽動了一下。

月柔說對了嗎？

天缺老人確實有記掛的人。

這兩個孩子。

大兒子，天策，機關算盡，終究成為這數十年毒害自己的一份子，想到這，天缺老人那已經枯乾的心，隱隱揪緊了一下。

小兒子呢？這個從小就不愛說話，讓人捉摸不清想法的男孩，卻有著一顆比誰都暖的心，在厭惡道幫陳腐體制的某天，悄然離開了。

想到這小兒子，天缺老人枯乾的心，也同樣地跳動了一下。

這樣的情感觸動，若是發生在平日吃喝拉撒睡打屁聊天，絕對不會有任何問題，頂多就是對面的人問你，幹麼突然發呆？

但若發生在這場激戰的此時此刻……

發生在一不留神就會全身被劇毒生物啃食。發生在正掄著大鎚猛打眼前巨大山豬，一個閃神就會被吃掉的此時此刻，那可就……危險了。

月柔的話語，毒的是天缺老人的心，遠勝隱蝮的牙、基努的蟲和天下五毒，天缺老人因為有心，才能度過數十年乾屍時光而不死，也因為有心，才會在飲下小靜和蓉蓉的歌之後……得以迴光返照。

而月柔是何等道行，她勘破了這點，一出手，就直打天缺老人的心。

而心有了缺憾，身體就無法避免的，露出了破綻。

這狂戰之中，小小的破綻，頓時決定了這場戰役的結局。

咻的一聲，天缺老人的左腿，被饕餮整個咬住，然後撕了下來。

少了左腿的天缺老人，開始墜下，隱蝮扭動兩下，銳利毒牙像是刀刃劃過紙片，順著天缺老人的墜速，把天缺老人的右手從臂膀開始整個切了下來。

少了左腿和右手的天缺老人仍不斷墜下，然後是基努的蟲、人權律師的罪犯，還有松子的鬼氣，它們不斷啃食著天缺老人的殘軀。

等到砰的一聲，天缺老人落了地。

他的下半身已然不見，上半身只剩下左邊胸膛和左手手臂，而左手手臂依然緊抓著剛剛和他一起奮戰到最後的貼身老友……巨門之鎚！

輸了。

天缺老人終於輸了，在兩隻S級陰獸、三隻猴子，再加上一個六王魂月柔的圍攻之下，光榮無比地輸了。

第十一章・誰能接鎚？

陰界。

「哈哈哈哈，」天缺老人殘軀躺在地上，發出狂笑，「不錯啊，你們這些傢伙能擊敗老夫，陰界總算不會太寂寞啊。」

「老子的最後一樣禮物，就送給你們吧！」天缺邊大笑，邊咳出黑色的毒血，然後左手猛力往前一揮，手上的巨門之鎚，頓時飛了出去。

巨門之鎚從細瘦虛弱的左手中甩出，緩慢無力地飛了半圈，剛好落在松子的面前。

「這麼弱的丟擲，你是要嚇唬誰？」松子冷冷地笑著，伸出雙手，就要直接接住這緩慢飛來的巨鎚，「聽說這是神兵，拿去黑市賣，肯定能夠賣個好價錢吧。」

鎚子緩緩轉動劃弧，松子伸出雙手，難掩得意。

然後，她聽到了一個吼聲。

「傻蛋！別接！」吼聲來自第三隻猴子，基努，「那是巨門之鎚啊！」

「咦？」松子回頭，同時間，鎚子已經落到了她的掌心。

然後，折斷。

兩隻手共十根手指，全部像是烤乾後的脆薄餅，全部反著折斷。

「啊啊啊啊啊！」松子發出無比慘烈的叫聲，舉著雙手，甩動著軟趴趴的十根指頭，高聲慘叫。

鎚子將松子的十指全部折斷之後，在地上一彈，這次，彈向了人權律師，律師看到松子的模樣，當然知道此鎚不能接，他一個轉身，就打算鑽入人群中。

但，他少算了一件事。

那就是這是巨門之鎚，它是沒有任何生命意識的，它不會因為濫殺無辜而停止。

所以，當人權律師終於逃入了人群，打算像過去一樣，以人群為屏障，逃過這一劫時……

鎚子已經飛來了。

伴隨著陰魂的慘叫，鎚子不斷往前翻飛，最後打中了人權律師的腳踝，喀，沒有半點懸念的，整個腳踝的骨頭粉碎骨折，碎得算是徹徹底底。

人權律師痛得在地上亂滾，就算陰魂本體是能量，恢復軀體的能力比陽世的人要強上許多，但這來自神兵的傷非同小可，至少在三年內，人權律師都將帶著這傷，跛腳過日子。

巨門之鎚擊中了人權律師，又繼續往上飛彈，這次的目標，是蟲子們的主人。

基努。

基努，身為更尊貴的猴子老三，他沒有選擇轉身逃跑，事實上，因為他知道逃跑無用，所以他悍然回身，張開雙手，同時間他的衣袖、胸口、褲子全部鼓起，鼓起處不斷擾動，最後嘩然一聲，數以千計的大小蟲群，蜂擁而出。

蟲子，全部湧向這柄飛舞的巨門之鎚。

轉眼間，巨門之鎚已經被大大小小的蟲子覆蓋，完全看不到它本來的樣子。

但就算如此，鎚子仍不斷在空中轉動前進，蟲子只是拖慢它的速度，卻無法使它停住。

鎚子，不斷舞動，愈來愈逼近基努，蟲子也愈來愈多，雖然暫緩了鎚子的速度，卻沒有辦法讓它停下。

轉眼，鎚子已經到了基努的頭頂，當它落下，不只是基努，連身旁的黑幫魂魄，都會一起被鎚子重擊受傷。

「沒有人嗎？」天缺老人在此時，發出狂笑，笑聲震動此刻的天空，「沒有人接得住它嗎？巨門之鎚，這傳奇神兵，終將沉寂流浪，陰界的兵器史，將會空白百年嗎？」

「說此地無人，也太小看人了吧。」

天缺老人的話才說完，就有一隻手，硬是橫空而來，握住了巨門之鎚。

「老子平常就握青龍偃月刀，巨門之鎚再重，也重不過這把用壓就可以把人壓成肉泥的大刀吧？」握住巨門之鎚的人，正是天鉞星，獨飲。

但他握不到一秒，臉上就開始微微扭曲。

因為燙。

他粗大的手掌因為高溫而變得火紅。

「媽的，除了重，這鎚子還專門高溫鍛造，因為不認同老子，所以不給老子握嗎？」炙熱之中，獨飲放了手，手上的鎚子再次滾動。

滾上了天，甩開了上面滿滿被燒焦的蟲子，當它再次落下，又有另外一隻手，另外五指張開，然後握住了它的柄。

這隻手，道行沒有獨飲高，但潛力卻更是深沉，那是屬於十四主星的潛力。

破軍，柏。

一手破軍之矛，一手巨門之鎚，柏雙手各握一支神兵，額頭青筋暴露，同時催動道行。

然後破軍之矛與巨門之鎚同時爆發兵器鋒芒，一紅一灰，其鋒芒照亮了此刻半個夜空，神兵氣勢滔天！

「哈哈，好狂的孩子，你打算以自己為媒介，讓破軍之矛抑制巨門之鎚嗎？」天缺老人大笑，笑聲不斷噴濺黑色鮮血，「破軍之矛確實是戰場第一兇兵，但，你，以，為，巨，門，之，鎚，是，吃，素，的，嗎？」

你，以，為，巨，門，之，鎚，是，吃，素，的，嗎？

就在這句話剛說完的同時，柏發出大吼，身體好幾處爆裂血泉，他的右手頓時鬆了，巨門之鎚再次脫離了掌心。

包括松子、人權律師、基努、獨飲到柏……現場眾豪傑沒有一個人能接住這一鎚。

下一刻，所有人的目光集中到了與天缺老人站在同一個級數的高手，女獸皇月柔。

「我對兵器沒興趣。」月柔聳肩，「我只喜歡和陰獸玩，所以別叫我去搶這鎚子，搶了也不知道幹麼。」

月柔這段話等於宣告退出，那現場的高手只剩下一個，紅樓天姚。

她雖是女性，但卻一雙虎拳，打出戰者無敵的威名。

她能否接下這一鎚？

巨門之鎚在脫離了柏的掌握之後，在空中又繼續翻滾，果然翻到了天姚的方向。

眾人屏息，天姚自己都面容嚴肅，雙手道行光芒流轉，她並沒有打算去搶巨門之鎚，但她知道，就算她不搶，一旦巨門之鎚鎖定自己，她肯定也會付出代價，就像是松子的十根手指、人權律師的腳踝……

所以，不管接不接得下，接就對了。

所以，她閉上眼，深深吐納一口氣，背後一尊猛虎隱隱成形，雙目緊盯著不斷飛騰而來的巨鎚。

翻滾，翻滾。

「就是這裡！巨門之鎚運行軌跡最弱處！」天姚發出虎吼，同時右手握拳，擰緊，左腳往前一踩，當左腳落了地，腰部隨之扭動，右拳順著這扭勢，劃出一個鋒利絕倫，沒有絲毫瑕疵的，弧。

弧很美，美到像是不該屬於這個世界。

宛如一枚劃破夜空的流星，最後墜落在巨門之鎚的鎚與柄的縫隙處，那僅僅零點零一公分的接合處。

這接合處，確實是整個巨門之鎚最弱的地方，因為它沒有鎚體的沉重且暴力，也沒有柄處能承受抓握壓力，它只要碎開，鎚子與柄就會因此分開。

所以天姚這拳，下得真是漂亮。

可是，巨門之鎚有分開嗎？

沒有，有如一塊頑固了千年的石頭，怎麼也敲不動分毫。

這一剎那，天姚懂了。

這巨門之鎚沒有弱點，能鍛造千萬兵器的十大神兵，怎麼可能會因為被打中某處而破開？

然後，天姚另外又懂了一件事。

那就是，她最引以為傲的拳頭，即將殘廢……如果巨門之鎚繼續往前進三公分，她的手，就會完全碎開，五根指頭分崩離析，下一次用右拳打出虎拳，可能是數百年後了。

「哎啊。」天姚閉上眼，臉上露出苦笑，「天缺老人，服了！過了這數十年，您的風采依舊啊。」

但，就在天姚知道一切終究無力回天，無奈閉上眼之時……

她察覺到了一些不對勁。

預期中來自拳頭的劇痛沒有出現，預料中將她五指分開的絕望也未降臨，一切太平靜了。

平靜到，彷彿巨門之鎚，這惡夢神兵，從未朝她飛來，或者是，飛來了，卻又被另外一個人接住了？

接住了？天姚想到這裡，急忙睜眼，真的有另外一隻手，接住了巨門之鎚！

這隻手，沒有獨飲直上天際的霸氣，沒有柏有另一把足以抗衡的破軍神兵，沒有月柔足以宰制戰場的陰獸，那是一隻平凡的手，但就是這隻手讓巨門之鎚不再抵抗，不再暴怒，有如兇猛大犬遇到飼養牠的主人……何等溫馴，何等親密，何等絲絲入扣沒有半點瑕疵。

這隻手是誰？天姚的眼珠慢慢移動，順著手臂，看向了肩膀，然後再順著這精瘦的肩膀看到了這張五官清秀的俊俏男子側臉，還有天姚無比熟悉的馬尾。

「你……」天姚詫異。

「姚。」少話的他，聲音低沉溫柔，「我好像全部都想起來了。」

「你，全部都想起來了？」天姚聽到自己的聲音正在微微抖動，「我以為……你都忘了？」

「是的，當我的手一握住巨門之鎚，所有的回憶都回來了。」他淡淡地笑著，笑容比以往複雜，卻也有著過往所沒有的深沉魅力，「我好小好小的時候，我爸爸就曾經讓我握過它了。」

「你爸爸，讓你，握過它……」

「是啊。」他閉上眼，彷彿身處回憶的漩渦中輕輕晃動著，「我爸爸說，我是被巨門之鎚認同的孩子，也許有一天，我會擁有這一把神兵。」

「嗯。」

「爸爸，」那人慢慢仰頭，目光看向躺在地上，身體已經殘破不堪的天缺老人，「我回來了。」

「……」

「你的小兒子，天馬，回來了。」天馬聲音溫柔且低沉，「爸，我回來了。」爸，我回來了。

天馬，道幫的二少主，與天策同樣具備繼承權的二少主，接下巨門之鎚，並找回陰界的記憶，回來了。

陽世。

蓉蓉昏迷，讓眾歌手與主持人的情緒降到谷底，但奇妙的是，收視率卻完全相反。電視收視率輕鬆登上三年之冠，網路直播觀影人數突破四百萬，如果再考慮多人共看一台電腦與手機的情形……

這場歌唱比賽，等於整個島上一半的人都在聆聽與關注。

節目還沒結束，最後名次還沒宣布，主辦單位的電視台已經收到上百通廣告預約，金主們捧著白花花的銀子，一口氣預約直到下下下一季的比賽，而且還不斷有金主加入，將廣告價格往天價抬高！

收視率往上一路攀爬時出現幾次高峰，其中包括阿皮的森林陽光之歌〈松鼠〉登場，〈夜雪〉的旋律第一次在舞台上響起，還有進入冠軍賽時，第二次被小靜唱起的〈夜雪〉，以及最後，當蓉蓉執起麥克風，說出她要演繹〈夜雪〉時。

三次〈夜雪〉，確實創造了三次驚人的高峰，而且一個高峰疊上一個高峰，精準地創造了歌唱比賽的不朽傳奇。

如今，〈夜雪〉高潮已落，剩下的高峰，也僅剩這麼一個，那就是宣布誰得到這場歌唱比賽的冠軍！

這次的討論沒有預期中來得久，甚至是快到像是沒有經過任何的討論，在一個廣告時間後，名單就準時地被送到了主持人手中。

舞台上，主持人緩步踏到了台前，她對強哥和鐵姑點了點頭，開口道：

「在宣布冠軍之前，強哥，你有話想說嗎？」

「嗯。」強哥拿著麥克風，沉默了一秒之後，才開口說道，「〈夜雪〉剛剛被唱了足足三次，我想絕對打破了所有的歌唱比賽紀錄……不過，我必須說，每次的〈夜雪〉都完全不同，隨著三次〈夜雪〉，我彷彿經歷了我人生最快樂、最風光，然後最谷底、最悲痛的時光……幸好，最後一次的〈夜雪〉，把我帶回家。」

幸好，最後一次的〈夜雪〉，把我帶回家……

「嗯。」主持人看著強哥，嘴角隱隱浮起的複雜笑容，無聲且堅定地認同這一段話，「那我們的鐵胏女王，鐵姑呢？」

「我切入的觀點和強哥不一樣。」鐵姑此刻的五官線條，不復往常冷硬，而是顯得柔軟如少女，「一個晚上，聽了三次〈夜雪〉，我問自己，歌與音樂，到底是什麼？我記得自己無意間曾看到一個兒童故事，故事中的主角是一個名叫小特的女孩，她曾到過一個沒有聲音的星球，缺乏聲音與音樂使得星球的人生病，這故事乍看之下很天馬行空，卻讓身在音樂世界的我，忍不住開始想……」

「今晚鐵姑難得話多呢，請繼續。」主持人微笑。

「是啊，難得話多呢。」鐵姑說，「音樂是什麼？歌是什麼？〈夜雪〉唱的是什麼？第一次〈夜雪〉唱的是什麼？第二次〈夜雪〉唱的又是什麼？第三次換了一個歌手，蓉蓉唱的〈夜雪〉，又是什麼呢？」

「嗯，那鐵姑覺得，音樂與歌，究竟是什麼？」

「我左思右想，答案卻早在小特的故事之中。」

「咦？」

「音樂是什麼？就是『一旦沒有了，我們就會生病的東西』。」鐵姑笑，「幸好我們有音樂，幸好我們有小靜，幸好我們有蓉蓉，幸好我們有……〈夜雪〉，不是嗎？」

「哈，音樂是一種『一旦沒有了，我們就會生病的東西』嗎？」主持人臉上露出燦爛的笑容，「真是一個太棒的答案，我完全認同妳啊。」

「嗯。」

「聽過兩位評審講評，我想，大家一定還是對誰是冠軍一頭霧水吧。」主持人笑，「沒關係，答案馬上就要揭曉了，那我就從第三名開始……」

「第三名是，擁有〈松鼠〉這首神曲的森林王子！」主持人聲音拉高，「阿皮！」

在歡呼聲與綿延許久的掌聲後，主持人再次拿起麥克風。

「那接下來的名次，我想才是大家真正想知道的……這次歌唱比賽，第二名是……」主持人看著手上的紙條，彷彿要再確認一次似的，用手指輕輕摸了兩下，然後，微微吸了一口氣。

「我在此宣布，第二名是……」

陰界。

非舞台主戰場，這裡是陰界政府周邊，一棟有如大型風鈴，散發神秘氣氛的古老建築。

建築物內，一個儀態尊貴的女子，正細細擦拭著手上銀亮的白色物體。

仔細看去，那銀亮的白色物體，竟是一只風鈴。

不只如此，當柔細月光由風鈴形狀的窗台照入建築物內，會發現這棟建築物有如一座巨大古老的圖書館，只是一圈圈同心圓往外擴散的書櫃內，擺放的卻不是書。

而是風鈴。

各種形態，各種材質，各種設計，各種裝飾……都不盡相同。

這座驚人的風鈴圖書館中，至少藏著上百萬只風鈴。

而這名尊貴的婦人，擦著擦著手上的風鈴，忽然像是想起什麼似的，抬起頭，開口說話了。

「你們，有聽到什麼嗎？」

「有的。」在尊貴婦人的對面，一個剪著波浪短髮，並將髮色染成金紅雙色的女子，邊嚼著口香糖，邊笑著說，「婆婆，有一個風鈴響起來了，挺大聲的，是在第六層第二十四櫃左上位置，這麼洪亮的音色，嘿，感覺是有個陰界重要人物的記憶回來了……」

「嗯，是那位置沒錯，天喜……」貴婦人點頭，將目光移向另一人，「那你呢？有聽到風鈴聲嗎？」

另一個人，外表約莫二十餘歲青年，剪著三分平頭，他露出靦腆的笑容，「婆婆，我，我有聽到，但我實在分不出位置在哪……」

「嗯，你才剛來幾個月，耳力的訓練不會那麼快，但能聽到，表示你已經頗有資質。」貴婦微笑，「再過些時日，定能有所精進吧。」

「嗯，謝謝婆婆。」

「你身上的傷，好些了嗎？」貴婦伸出手，而那名少年立刻也伸出手，與貴婦的手相握。

這一相握，少年只感覺到有如一陣山林中輕盈的音樂之風，順著他的手心吹拂而來，音樂在他的經脈間跳動，按摩過五臟六腑，撫順他不安的心靈，讓少年忍不住吐出長長一口舒緩的氣。

「看樣子，傷又好一些了。」貴婦收回了手，臉上掛著溫和笑容。

「欸，」這時那個染金髮的女孩嚷了起來，「你這臭小子，又讓婆婆用道行幫你治傷了！」

「謝謝婆婆，我，不知何以為報……」少年低下頭，「我，我不過只是……」

「人與人講究是緣分。」貴婦淡淡一笑，「你是一個講義氣的孩子，在這陰界中，這樣的孩子已經不多了，你在颱風之戰中的所作所為，我都知道……」

「婆婆……」

「星星是會互相吸引的，是啊，八百年前地藏那老友也曾經那樣說過……」貴婦眼神中，蘊含著某些深刻卻不願多說的故事，「那時你在兩大高手夾擊下沒死，會是一個命運的印符，有一天，你會再一次拯救那個你想救的人。」

有一天，你會再一次拯救，那個你想救的人！

「嗯，那個人嗎？」少年閉上眼，那個又脆弱又任性，但又讓他不禁想追隨的長髮女孩背影……

「肚子餓了。」這時，那個名為天喜的女孩嚷著，「你去弄東西來吃啦，我餓了。」

「好。」少年起身，捲起了袖子，「今天晚上兩位想吃什麼樣的麵呢？無論是炒的、煮的、川燙的，甚至是煎的、炸的、滷的、烤的、長的、寬的、扁的、切的，只要是麵，我都可以做出來！」

「我要吃上次你弄的那個什麼……川味點滴入絹細長江。」天喜吞了一下口水，「那超好吃的。」

「那婆婆呢？」

「年紀大了，吃點清淡的。」婆婆說，「我來個月落霜滿天好了，你手捏的小麵疙瘩，配上一顆蛋，挺對我老人家胃口的。」

「沒問題，我馬上去弄。」少年起身，他開心地跑向廚房，能替這兩位恩人做點什麼，讓他感到開心。

就算他偶爾也會記掛著那些他心裡的某些人，但他知道，此刻不是去找他們的時機。星星會彼此吸引。

所以，時間到了，他一定能和他們再次會合的。

是吧，師父？還有……琴姐！

巨門之鎚，這柄剛剛橫掃全場，尊爵不凡的十大神兵，如今終於安穩地被天馬握在手心。

「姚，我懂了。」

「你懂了？」

「我懂，為何我重回陰界，只使腿功，而不動雙手了。」天馬雙手握鎚，掌心緩緩轉動，這動作彷彿在與巨門之鎚之老友細細耳語，訴說著這數十年來分離的思念。

「為何？」

「因為我的雙手，只為握鎚而生！」天馬聲音突然提高，宛如夜空霹靂，手臂肌肉糾結，用力揮了出去。

巨鎚揮出，乍看之下揮向虛無，這片虛無中，卻有什麼結晶，正在劈里啪啦地誕生著。

「誰說空氣是一片虛無？空氣的任何物質，包括氧、氮甚至是其中的水氣，都可以被巨門之鎚鍛鍊成武器。」天馬揮完了鎚，露出淡淡笑容，「這才是，巨門之鎚真正的威力！」

而這些結晶順著巨鎚揮動的軌跡，不斷聚集，凝結，後來愈來愈大，大如一團長滿尖刺的透明球體，朝著六王魂月柔方向而來。

「幹麼幹麼，」月柔輕笑，「剛拿回記憶，就想拿本女王開刀啊？也得看你夠不夠格啊。」

此話說完，只見月柔動也不動，而她身後的兩大陰獸，卻已經率先進行攻擊。

饕餮晃動了兩下身軀，巨大如小山的牠看似慢實際卻快得令人咋舌，一眨眼就擋在月柔面前。

而空氣中那些被巨門之鎚打出來的結晶，如何能傷得了十二陰獸之一的饕餮，頓時啵啵啵啵化成碎片，落在地上，短暫的現身之後又回到了空氣之中。

而除了饕餮，另外有動作的是隱蝮，牠往前一竄，身軀頓時隱匿，下次現出原形，已經是在天馬的面前，張開大牙，就要朝天馬的臉撕咬下去。

但天馬卻沒有繼續攻擊，他往後退了一步，退出兩大陰獸的攻擊範圍。

只是轉頭，看向月柔的身後，神情哀戚。「是的，此刻再打已經毫無意義。」

「什麼……」月柔一愣，然後她突然感覺到背後湧現巨大無比的氣流。

那是混合了淬鍊了數百年的道行，千百種劇毒，來自命運的嘶吼，對生命的熱力，足以宰制整個戰場，還有對此時此刻斬斷一切的決心的，氣流！

月柔知道，這股氣來自於哪？

她也知道，這股氣流打算做什麼？

因為知道，她感到肌膚上浮起了一顆又一顆細細的雞皮疙瘩。

這是對強大力量爆發前，身體本能的繃緊。

然後，月柔慢慢回頭，雙眼凝視著這股巨大氣流的根源，臉上，露出又溫柔，又悲傷，又不捨的表情。

「天缺哥哥。」月柔雙目閃爍晶瑩的淚，「再見了，下次輪迴，我們真的來當兄妹吧。」

月柔淚中倒映的影像，是柏拿著黑矛，正對著天缺老人的胸膛，而天缺老人手抓著矛鋒，臉上露出了笑容，笑容如此狂，也如此輕鬆。

「送老夫一程吧，」天缺老人大笑，「破軍之矛！」

「幸不辱命。」柏雙手一握黑矛，然後順著天缺老人的手，往下一落。

當矛森然插入天缺老人胸口之際，這股湧動的氣流開始改變了方向，氣流的核心開始內縮，縮到了極致之後，再一口氣完全的，釋放。

釋放。

天缺驚人的道行，化成猛烈無比的氣流大浪，在這個歌唱比賽會場，在上萬陰魂之前，完全的釋放。

「父親。」天馬放下了鎚子，單膝跪地，「一路好走，放心，你放不下的，我會替你完成。」

然後，氣流淹沒了一切。

氣流淹沒了提著青龍偃月刀傲然而立的獨飲，淹過手拿著一本書外貌精明的小聽，淹過仍流著眼淚的鳳閣，淹過亮麗卻豪氣的天姚，淹過雙手下垂痛得滿臉冷汗的松子，淹過臉色陰白的人權律師，淹過手上爬著獨角仙的頹廢帥哥基努，淹過千百個陰魂。

氣流，最後淹到了以破君之矛插落天缺老人的柏，與手握巨門大鎚的天馬。

在洶湧的氣流巨牆之前，兩人互望。

這一眼，彷彿在預告，也在宣戰，更像確認彼此的能耐。

因為他們知道，這場易主戰役之中，終有一天，他們會正面交鋒。

屆時，他們將會各有立場，各自統領一方，然後以手上的神兵，再次分出勝負。

然後，氣流之牆轟然坍塌，將他們完全吞噬。

在氣流吞噬一切之時，這場陰界最大規模的暗殺，就在此刻，宣告結束。

在石桌之前，一杯茶的熱煙，正慢慢消滅，然後當最後一絲細細白煙消失在這放滿古書的房間時，茶，已然涼了。

「茶，涼了。」一個聲音如此說道，聲音略微蒼老，「還喝嗎？」

「當然喝。」另一個聲音聲線稍高，語氣帶著淡淡惆悵，「乙酉之時，巨門星已然墜落。」

「天缺老友，離開了？」蒼老聲音如此說。

「是的。」另一個聲音嘆了口氣，「百轉血戰之後，精采地離開了。」

「生時如此精采，死時同樣精采，不愧是我們的老友。」蒼老聲音笑得爽朗，「不是嗎？天機星吳用老友。」

天機星吳用？此人就是政府當權六王魂之一的天機星吳用？

「哈。敬這句生時如此精采，死時同樣精采。」吳用舉起了手上茶杯，「這茶，熱氣雖已淡去，茶香仍在，好茶。」

「當然，這是我三釀老人精心調製的茶，就算過了百日，茶香仍在。」蒼老聲音如此說，「敬巨門星天缺老友。」

敬老友。

兩杯茶，兩股隱隱茶香，兩個老友，還有，墜落時照亮半邊夜空的那枚柔紅色星星。

巨門星，天缺老人，最高明的道幫幫主、最強悍的兵器鑄匠，以及……最遺憾的父親。

再會，天缺老人。

陽世。

歌唱比賽的最尾聲。

主持人手拿著最後得獎名單，吸了一口氣，然後一句一句，字正腔圓地說：「本次歌唱比賽的第一名是……」

「我們擁有低沉且迷人嗓音的夜之女王，蓉蓉。」

蓉蓉！

所有的人同時舉手，發出忘情地歡呼。

終於，蓉蓉的〈夜雪〉擊敗了小靜的〈夜雪〉，給荒野旅人一個休憩的小店，輕輕擊潰了那深沉無比的深淵。

這樣的勝利，代表的是人們對未來仍尚未忘懷的一絲希望，就算已經悲傷到無以復加，但只要前方有盞燈火，再微弱，再遙遠，都是希望。

希望在，人們就有繼續活下去的動力。

於是，蓉蓉獲勝，她重新詮釋了〈夜雪〉，當成贈與小靜的禮物。

而小靜呢？此刻的她，雙手緊握，她滿心感謝，感謝蓉蓉在最後一刻為了自己而唱，讓這一切不會成為毀滅的起點。

「謝謝。」小靜低語，「謝謝妳，蓉。」

「只是，另外有一個令人擔心的消息。」主持人說到這，微微一頓，似乎在斟酌用詞與說法，「各位剛剛也看到我們第一名蓉蓉，在演唱之後，可能因為太過緊繃的情緒釋放，所以昏了過去。」

所有聽眾注視著主持人，傾聽著。

「目前得到消息，她仍在昏迷狀態，尚未醒過來。」主持人嘆氣，「請各位也一起替她加油，讓她快點醒過來，我們這個頒獎典禮，替她保留……」

蓉蓉尚未醒過來？

一場精疲力竭的演唱後的昏迷，應該經過簡單的醫療手段，就會醒過來，不是嗎？但，蓉蓉竟然還沒醒過來？

這剎那，聽眾們不自禁地閉上眼，雙手合十，專心替剛剛唱出旅人版〈夜雪〉的蓉蓉祈禱。

這份真誠的祝福之心，在此刻以歌唱比賽場地為圓心，往外擴散出去。

每一台電視，每一支手機，每一座戶外轉播螢幕牆，每副耳機，每個被蓉蓉歌聲而感動或是救贖的聽眾，都閉上眼，誠心祝福著。

這個靜謐的時刻，這個純淨的時刻，卻有一個人臉上露出了不太符合現場氣氛的滿足笑容，他掛著耳機，戴著帽子，統領著整個攝影棚，他是歌唱比賽的導播。

他笑了。

「主持人，妳幹得好啊，不管妳是不是故意的，但打上這張愛與包容的『集氣牌』，激發聽眾的同情心，無疑讓此刻的收視率……」導播笑得開心，「再創新高！」

導播笑著，眾人低頭祝禱之際，也有另外一個人的動作與神情大不相同。

相較於眾人的虔誠與悲憫，這人的神情卻堅毅充滿決心，而她的手，正撫摸著一隻小貓的頭。

這隻小貓身體斑點呈虎紋，若不是體型如貓，乍看之下還真像一頭小虎。

「小虎，我們走吧。」此人眼神清澈而明亮，有如陽光下波光粼粼的海洋，「我們一起想辦法把蓉蓉找回來。」

小虎，這隻慵懶的小貓，罕見地起了身，甩了甩身體，發出低沉的一聲，「喵。」

這女孩，是小靜。

她的貓，是小虎。

他們決心，要把蓉蓉帶回來。

而蓉蓉呢？

她從黑暗中慢慢醒來，周圍景物依舊，但卻多了一張不認識的臉。

長長的，皮膚皺皺的，眼角以三十度上揚，他咧開嘴，笑了。

「妳好，我是編號22122，如果嫌編號太長，叫我阿達就好，我是負責來接妳的。」

那眼角上揚的鬼卒說。

「編號22122？阿達？接……接……我？」

「是啊。」阿達繼續笑著，明明是刻意裝出來的親切微笑，不知道為什麼就是讓人渾身發毛，「等一會兒有條鐵鍊會拉住妳，不會痛不會痛，嗯，如果妳抵抗，才會有點痛喔。」

「鐵鍊？」

「是啊，這條鐵鍊可是我們鬼卒三寶，『不夜燈、魄印和魂鍊』中的魂鍊喔。」阿達笑，「它不只能將陽世死者從軀體中拖出來，也可以鎖住魂魄，避免新魂搞不清楚東南西北，到處亂闖喔！」

蓉蓉睜大了眼，她眼中盈滿了淚，腦海浮現四個字：

「救我，小靜。」

「救我。」

小靜……

陰界。

琴從昏睡中慢慢甦醒，而她的身邊，坐著一個高銚瘦長的身影，而琴一眼就認出了他的身分。

「莫言……我睡了很久嗎？」

「不太久嘿。」莫言聲音一如往常，瀟灑中帶著些許戲謔，「只是這段時間，陰界發生了不少事。」

「不少事？」琴急問，「道幫的木狼嗎？他……他還好嗎？」

「他順利逃出道幫血戰，但自己卻去向政府投案，目前已被關入政府之中。」

「啊，我，我終究是睡遲了……他，他幹麼自投羅網……」

「我倒覺得這招挺高明的，政府要拿的是道幫，木狼如果已經失勢，就不會阻礙政府的目的，短期間就沒有追殺的必要，躲進政府的監牢，反而可以避開劍堂天策的追殺……」莫言沉吟。

「但政府遲早會對他動手吧？」

「也不盡然，政府至今雖然強壓黑幫，但事實上，內部也有自己的矛盾……」莫言說到這，意味深長的一笑，「也許嘿，殺不殺木狼這件事，也會激起政府內部的矛盾也不一定。」

「嗯……聽不懂？」琴歪著頭，長髮灑落單邊肩膀，這是她招牌姿勢。

「聽不懂沒關係嘿，總而言之，按照我這個多年來局外人的觀察，沒有一個團體是永遠穩固的，政府之所以團結，是因為他們有黑幫當對手，一旦黑幫式微了，政府就會自己開始分裂，甚至是……自己形成黑幫也不一定。」

「欸？」

「哈哈，所以我才說，木狼很敢賭，也很聰明，他讓自己躲進政府監牢內，反而能得到一時的安全。」莫言一笑，「妳在昏迷時，陰界還發生了另外一件跨越陰陽兩界的大事。」

「什麼大事？」

「陽世的歌唱比賽結束了嘿。」

「啊。」琴一愣，「陽世的歌唱比賽……是小靜嗎？我，我錯過了？」

「錯過也許不是壞事。因為這場歌唱比賽下來，登記有案的死亡人數，就超過三千人。」

「哇，三千人……」

「而且，最重要的死亡者是……」

「是天缺老人嗎？」琴突然靈光一閃，接口道。

「咦?妳怎麼知道？」

「怎麼知道啊……」琴閉上眼，她想起還在道幫時，被鈴帶入了一〇一頂樓的房間，在那裡，她第一次見到了天缺老人。

那打著劇毒點滴，已經如同死亡狀態的老工匠……也許在那個時候，琴就知道，天缺老人終將死亡，只是天缺老人到底選擇了什麼樣的死亡方式。

「天缺老人，他死得很壯烈嗎？」琴想到這，繼續問道。

「沒親眼目睹，但從外面傳來的消息……」莫言說到這，嘴角禁不住微揚，那是英雄惜英雄崇敬之意，「一個人單挑兩隻S級陰獸，再加暗殺集團的三隻猴子，最後還是六王魂的女獸皇親自出手……這樣的死法，豈止壯烈，可以說是威鎮陰界！」

「生時如此精采，死時同樣精采。」不自覺地，琴唸起了這兩句。

「是啊，生時如此精采，死時同樣精采。」莫言也輕輕唸著，「好一個天缺老人嘿。」

「天缺老人戰得如此精采，我們也不能閒著！」琴用力握拳，「莫言，接下來我們要做什麼？」

「我們為了還醫藥費得去偷東西。」莫言點頭，「在那之前，我還在等一個人……」

「等一個人？」

「老子偷過陰界大大小小寶物不下千種，但這次要入僧幫，總得找個幫手。」

「咦？幫手？」就在琴感到納悶，要繼續追問之時。

房間門口，已經被一個壯碩肥胖的身影所遮蔽，那身影更發出沙啞粗豪的聲音。

「莫言，這一票你也太瘋狂了嚕？」那身影如此說著，聲音竟給了琴無比的熟悉感，「對方可是三大黑幫之首！僧幫嚕！」

「是僧幫啊，所以你怕了嘿？」莫言微笑，微笑之中竟有著見到老朋友的輕鬆與喜悅。

「怕？哈哈哈哈哈！」那壯碩身影狂笑著，「我是開心啊，愈是危險，愈對老子胃口啊，因為老子可是……鬼盜橫財啊！」

鬼盜，橫財！

這一剎那，琴下意識地摸了摸自己的肚子，想起了自己的胃，曾經被這男人掏出來過的悲慘回憶……

面對天下第一黑幫「僧幫」，神偷與鬼盜，終於又要再次攜手了嗎？

此時此刻，陰沉的天空，卻有著淡淡的陽光黃暈。

讓人無法判別，下一秒究竟會是更寒冷的雨天，抑或迎接陽光的晴天？

一如，此時此刻的陰界。

究竟等待著琴、柏、小靜、蓉蓉、天馬、莫言、獨飲、橫財以及千千萬萬陰界子民的，會是雨天？還是晴天呢？

請看下一集，陰界九

尾聲

萊恩麵包店的門口，鐵門被拉起，萊恩打了一個哈欠，撕下了公休一週（或者以真實的時間計算，是兩年）的公告。

然後他迎來了第一組客人。

這組客人有三個，一個長髮冷豔的黑衣女子，一對平頭雙胞胎少年。

「客官，買麵包啊？」

「什麼客官？這是西元幾年了你知道嗎？還有人用這樣的稱呼？」雙胞胎少年中，其中一人拿著一對玻璃雙斧，瞪了萊恩一眼。

「哈哈是啊客官，我們這家店從陰界開到陽世，時空難免錯亂，抱歉抱歉。」萊恩看著眼前三人，「三位，應該知道來這家麵包店的意義吧？」

「知道。」另一個雙胞胎，感覺沉默寡言許多，「因為少了。」

「對對對，舉凡沒什麼出場機會的角色，就會來這裡。」

「你是說我們被冷凍了嗎？」拿著雙斧的雙胞胎男孩眼睛大睜，舞動玻璃雙斧，色彩迷離眩目，透著騰騰殺氣，「大膽！」

「唉啊，別舞刀弄斧的啊。」萊恩搖頭，然後身體一晃，竟然就出現在雙斧男孩的身後，還伸手拍了拍男孩肩膀。

「你，」男孩驚疑，「怎麼過來的？」

「我可是招待過不少大角色喔，他們被冷凍的時候都會來這啊。」萊恩笑，「你知道聖佛嗎？我連他都招待過耶。」

「聖……聖佛？」

「啊，對，那是另外一個系列的，抱歉抱歉。」萊恩說，「但我要說，能來這裡都會有一個福利……」

「什麼福利？」

「那就是可以朗讀一段話。」萊恩說，「是『完全沒辦法說是正確的下集預告』。」

「完全沒辦法說是正確的……下集預告？」這時，那個黑髮的豔麗女子終於開口了。

「那何必要下集預告？」

「這句話你該問作者，但他似乎以此為樂，還成癮了，我建議他去看醫生他都不理我。」萊恩嘆氣，「你知道，我畢竟只是他創造的一個角色，不能太得罪他。」

「好吧，既然這樣……」女子伸出手，「我唸。」

「太棒了。」萊恩將一張小紙條遞了過去。

當女子打開紙條，秀眉微微蹙起。

「七殺歸位。」

「嗯。」萊恩點頭。

「就四個字？」

「嗯。」萊恩再點頭。

「是什麼意思？」

「嗯。」

「你也太不負責了吧，什麼叫七殺歸位？」

「嗯。」萊恩繼續點頭。

「算了算了，果然是完全沒辦法說是正確的下集預告！」女子也生氣了，跺腳，「真的不知道在寫什麼！」

「嗯。」萊恩眼睛看向了遠方，「是啊，其實身為故事的一角，我這次真的希望，它是不正確的下集預告呢。」

陰界九，下集待續。

《陰界黑幫第八部》．完

Div作品 14

陰界黑幫 08

國家圖書館出版品預行編目資料

陰界黑幫 . 08，／ Div 著.
一 初版. 一 臺北市：春天出版國際，2019. 04
面；　公分. 一（Div 作品；14）
ISBN 978-957-741-183-9（第8冊：平裝）

57.7　　107023604

3-957-741-183-9
Taiwan

作者　Div
封面設計　克里斯
內頁編排　三石設計
總編輯　莊宜勳
責任編輯　黃郁潔

出版者　春天出版國際文化有限公司
地址　台北市信義路四段458號3樓
電話　02-7718-0898
傳真　02-7718-2388
E-mail　frank.spring@msa.hinet.net
網址　http://www.bookspring.com.tw
部落格　http://blog.pixnet.net/bookspring
郵政帳號　19705538
戶名　春天出版國際文化有限公司
法律顧問　蕭顯忠律師事務所
出版日期　二〇一九年四月初版
定價　320元

總經銷　楨德圖書事業有限公司
地址　新北市新店區寶興路45巷6弄6號5樓
電話　02-8919-3186
傳真　02-8914-5524